insel taschenbuch 4999
All die schönen Winter

W0085384

Wo sind sie geblieben: All die schönen Winter? Die Tage mit kälteklirrender Sonnenluft und flaumleichten Flockentanz, wenn der glitzernde Schnee unter den Schuhen knirscht und eine weißverzauberte Welt sich vor einem auftut?

Diese Tage des Glücks gibt es noch und wird es immer geben, denn die Erinnerung an sie ist aufbewahrt in den hier versammelten Geschichten über Winterfreuden und Schneevergnügen, über kristallklare Frosttage und tannenduftende Nächte – und über all das, was am Winter schön war und schön ist.

Hiervon erzählen Peter Bichsel, Marieluise Fleißer, Max Frisch, Hermann Hesse, Elke Heidenreich, Marie Luise Kaschnitz, Erich Kästner, Katherine May, Robert Walser u. v. a.

ALL DIE SCHÖNEN WINTER

Geschichten aus wunderweißen Tagen

Ausgewählt von Clara Paul

INSEL VERLAG

Erste Auflage 2023
insel taschenbuch 4999
Originalausgabe
© Insel Verlag Anton Kippenberg GmbH & Co. KG, Berlin, 2023
Alle Rechte vorbehalten.
Quellennachweise am Schluss des Bandes.
Umschlaggestaltung: Designbüro Lübbeke,
Naumann, Thoben, Köln
Umschlagillustration: Katinka Reinke, Hamburg
Satz: Satz-Offizin Hümmer GmbH, Waldbüttelbrunn
Druck: CPI books GmbH, Leck
Printed in Germany
ISBN 978-3-458-68299-8

www.insel-verlag.de

INHALT

Wundertage

Winterfreuden

Weihnachtszauber

Winterende

Wundertage

»›Schneien‹ und ›Anfangen‹, das gehörte für ihn,
wie sonst kaum zwei Vorgänge, zusammen, und
›der erste Schnee‹, das war etwas wie der erste Zit-
ronenfalter im Vorfrühling, der erste Kuckucksruf
im Mai, das erste Unters-Wasser-Tauchen im
Sommer, der erste Biss in einen Herbstapfel.«

Peter Handke, Nachmittag eines Schriftstellers

ROBERT WALSER

Schnee

Wir haben hier Schnee, lieber Freund, soviel du begehrst und du Lust hast. Das ganze Land ist dick mit Schnee bedeckt. Wohin man blickt: Schnee; Schnee da und Schnee dort. Auf allen Gegenständen liegt er, und die Leute unserer Stadt, Groß und Klein, werfen sich, um sich ein Vergnügen zu machen, Schneebälle an. Die Kinder können so viel Schlitten fahren als sie wollen, und das wollen sie gern. Gestern stieg ich im Schnee den Berg hinauf, und je höher ich kam, umso tiefer watete ich im tiefen, weichen Zeug. Nicht nur die Zweige und Äste der Bäume, sondern auch die hohen Stämme waren mit der weißen Last bedeckt. Es war nämlich Schneesturm gewesen, und da fegte aus Westen das tolle Schneewesen daher, als wolle es von seitwärts die Welt mit Weiß überschütten. Nimmt mich wunder, dass nicht Haus und alles zugedeckt worden ist. Immer höher in den verschneiten Wald hinauf stieg ich. Es ging nicht ab ohne einiges Ächzen, denn im frischen tiefen Schnee läuft sich's schwer. Ich zog den Hut vom schwitzenden Kopf ab wie im Sommer, und mein Wintermantel wurde mir lästig. Da hörte ich Axtschläge. Ein junger Bursche stand ganz allein in der weißen, abendlichen Waldeinsamkeit und machte sich mit einer Tanne zu schaffen. Weiterhin und so stieß ich auf ein sonderbares unerwartetes Hindernis. Zwei große Tannen, vom Sturm zu Boden gerissen, lagen ihrer stattlichen Länge nach mitten im engen Waldweg und versperrten denselben mit ihren weitausgreifenden Ästen. Doch ich arbeitete mich wacker durch und ging weiter. Schon wurde es finster im weißen Zauberwald. Da ging ich bergabwärts, durch all den Schnee. Einmal warf es mich um, dass ich im Schnee saß, als habe ich mich zu Tisch setzen wollen, um zu soupieren. Ich raffte mich auf, musste lachen und beschleunigte den Heimweg.

HERMANN HESSE
Winterglanz

Nun war vier Nächte und drei Tage fast ununterbrochen Schnee gefallen, ein guter, kleinflockiger, haltbarer
Schnee, und in der letzten Nacht war er glashart gefroren.
Wer nicht täglich vor seiner Tür gefegt und geschaufelt hatte, war jetzt belagert und musste zur Hacke greifen, um Hauseingang, Kellertor und Kellerluken freizulegen. So war es vielen im Dorf ergangen, und sie
werkelten murrend vor ihren Häusern, in Schaftstiefeln und Fausthandschuhen und mit Wolltüchern um
Hals und Ohren gewickelt. Die Ruhigen freuten sich,
dass der große Schnee vor dem Frost gekommen war
und ihnen die bedrohten Wintersaatfelder schützte. Aber
hier wie anderwärts sind die Ruhigen sehr in der Minderzahl, und die meisten schimpften weinerlich über den
allzu harten Winter, rechneten einander ihren Schaden
vor und erzählten Schauergeschichten von ähnlich strengen Jahrgängen.

Aber im ganzen Dorfe waren kaum zwei oder drei
Leute, zu denen dieser wunderbare Tag nicht von Sorgen und Ärger, sondern viel mehr von Freuden, Glanz
und Gottes Herrlichkeit sprach. Wer irgend konnte, der
blieb in Haus und Stall, und wer etwa hinaus musste,
der wickelte Frostlappen um Kopf und Seele und ließ
seine Sehnsucht keine anderen Wege gehen, als zurück

zur verlassenen Ofenbank, wo zwischen den grünen Kacheln die gegossene eiserne Wärmeplatte glühte. Und doch war es ein Tag, den die Stadtleute keinem Maler glauben würden, viel jubelnder, blauer und blendender als der lachendste Hochsommertag.

Der Himmel stand rein und blau bis in unendliche Fernen offen, die Wälder schliefen unter dickem Schnee, die Berge blendeten wie Blitze oder leuchteten rötlich oder hatten lange, märchenblaue Schatten an, und zwischen allem lag glasgrün der noch nicht gefrorene See spiegelhell in der Nähe, und in der Ferne dunkelblau und schwarz, von glänzenden schneeweißen Landzungen rings umfasst, auf welchen nichts Dunkles war als die dünnen und frierenden Reihen kahler, nackter Pappelstämme. Und durch die Luft und durch den unendlichen Himmel schwärmte prahlend und schwelgerisch das ungeheure Licht, von jedem Hügel und jeder Matte und jedem Stein im Schneeglanz zurückgeworfen und verdoppelt. Es flimmerte in ungebrochenen Wogen über weiße Flächen hin, glühte am Wald und an fernen Bergen in goldenen Rändern auf, zuckte in haarfeinen Blitzen diamanten- und regenbogenfarbig durch die Lüfte, ruhte satt und süß auf gelbem Schilf und in den grünen, jenseitigen Seebuchten aus und machte sogar alle Schatten mild, bläulich weich und wesenlos, als müsste heute an diesem Tage des Glanzes jeder letzte widerstrebende Flecken mit Helligkeit durchdrungen und gesättigt werden.

An solchen Tagen ist es unmöglich, an ein Nachtwerden zu glauben, und wenn am Ende doch die Dämmerung sinkt, ist es wunderbar zu sehen, wie all der gleißend kühne Glast sich langsam hingibt, müde wird und eine Hülle sucht, obwohl nach diesen Tagen auch die Nächte selbst, wenn kein Mond scheint, niemals völlig dunkel werden. Und auch darum sind solche Schneetage so lang, weil der reine Winterhimmel und die Unbändigkeit des Lichtes uns klein und froh zu Kindern macht, so dass wir noch einmal die Erde im Glanz der Schöpfung sehen und noch einmal ohne Bewusstsein der Zeit wie Kinder hinleben, von jeder Stunde überrascht und keines Aufhörens gewärtig.

So ging es mir, als ich gegen das Ende dieses Tages von einer weiten Wanderung zurückkehrend, beim Verlassen des schon finsteren Waldes mein Dorf im roten Abendduft daliegen sah. Ich hatte schneidend kalte, freie Höhen besucht, von denen ich Hügelzüge, Wälder, Ackerland, Seen und ferne blanke Alpengipfel betrachtete, und war durch todesstille, bläuliche Winterwälder gestreift, wo außer dem ängstlichen Seufzen überladener Stämme kein Laut zu hören war. Ich hatte im Bergwald den roten, vorsichtigen und doch dreisten Fuchs und am schilfigen Ried die dunklen Wildenten belauscht, war über eine Stunde lang einem Schwarzspecht nachgelaufen und hatte an einer tief verwehten Hügellehne die kleine Leiche einer erfrorenen Goldammer gefunden. An einer bevorzugten Stelle hatte ich, zwischen roten Föhrenstämmen hindurch, den gleißenden breiten Gipfel des Glärnisch gesehen, war auf dem doppelten Lodenboden meiner Winterhose manchen schrägen Hang hinabgeschlittelt und den ganzen Tag keinem Menschen begegnet.

Und nun schritt ich ermüdet und fröhlich heimwärts in der schon rasch zunehmenden Dämmerung, ein wenig steif in den Beinen und ziemlich ausgehungert, aber zufrieden. Heute war ein guter Tag gewesen, ein reiner, köstlicher, unvergesslicher, und der ist hundert halb gelebte und vergessene Tage wert. Und in der Dämmerung auf der schneebedeckten Landstraße ging etwas Kleines vor mir her, das ich einzuholen suchte. Als es noch vielleicht hundert Schritte entfernt war, erkannte ich es als einen kleinen Buben, der auf dem Kopf die viel zu große wollene Nebelkappe seines Vaters und in der Hand einen leeren Eimer trug. Im selben Augenblick, da ich ihn deutlich zu sehen vermochte, begann ich auch, ihn zu hören: er sang nämlich. Eine Weile suchte ich vergeblich zu erraten, was er singe, denn er ging wegen der Kälte sehr rasch, und ich hörte nur vereinzelte Töne. Dann kam ich näher und hielt mich von da an unbemerkt hinter ihm. Er lief eilig, die linke Hand tief in die Tasche gebohrt, und er stolperte öfters auf der rau und ungleich gefrorenen Straße. Aber er sang unaufhörlich, eine Viertelstunde und eine halbe Stunde lang und vielleicht noch länger, bis wir am Dorfe waren und er in die erste, schon dunkle Gasse entschwand.

Immer musste ich nachdenken und mich besinnen, was für ein Lied das doch wäre, das der Kleine sang. Es klang wie ein rechtes Abendlied zu diesem Tage, wie ein Lied aus unvergesslich reichen, dennoch fernen und dunkel gewordenen Kinderzeiten. Der Knabe sang keine Worte, er sang nur la und li und lo, aber es war immer dieselbe Melodie, nur wenig verändert, jedes Mal ein klein wenig anders, la li – la lo, und die Melodie war so bekannt, so selbstverständlich, dass ich leise mitsingen musste. Aber das Lied kannte ich nicht. Vielleicht ist es doch eine vergessene Kindermelodie gewesen. Ich glaube aber nicht. An solchen Wundertagen hört man viele Töne und sieht viele Dinge, die einem oft gehört und oft gesehen und uralt wohlbekannt erscheinen, und man hat sie doch nie gehört und nie gesehen.

JOSEPH ROTH
Verschneite Welt

Seit gestern schneit es.

Das ist kein Schnee von leichtem Oktobergeblüt, wie ihn manchmal spottlustige Herbstwolken aus den Ärmeln schütten. Kein schwindsüchtiger Schnee, der, kaum auf dem Pflaster angekommen, in ein nasses Nichts zergeht wie eine Kriegsschaumtorte auf der Zungenspitze. Kein herbstlicher Schwindelschnee, der eigentlich nur ein weiß verkleideter Regen ist. Seit gestern ist der ehrliche, charaktervolle Schnee da, der Schnee, aus dem die Zuckerkrone des lieben Gottes gemacht ist, der Schnee aus den Wintermärchen, der Schnee der Schneeballen und der Schneemänner.

Stunden, die von den Turmuhren fallen, sinken bis über die eigenen Ohren in den weichen Flaum und lassen nichts mehr von sich hören. Die Hupentöne der Automobile und die Trompetenstöße der Tramwayschaffner wollen schreien und können nicht. Weiße, wollige Flocken legen sich ihnen um Brust und Hals und ersticken sie. Räder knirschen, und Fahrradklingeln sind eingehüllt in dämpfendes Hermelin. Alle Geräusche der Stadt liegen eingewickelt in bauschigem Schnee wie kostbare Instrumente in Watte.

Die Stadt wird vornehm wie eine Silberkönigin in blendendem Pelz. Ihre Pagen, die goldenen Glocken, schreiten in weißen Pelzpantöffelchen durch die Luft. Weicher Schneestaubpuder macht die hässlichen Sorgenrunzeln in ihrem Gesicht unkenntlich. Die Königin Stadt ruht. Wunderbar weiß sind ihre Glieder.

Der Schnee schläft dicht und fest auf den Drähten, auf den Kuppeln der Telegrafenstangen, auf Türmen, Erkern und Giebeln. Er hüllt dünne, frierende Zweige ein, wie man Kinder nach einem Bad einwickelt in weiches Flanell. Die Laternen haben weiße, spitzige Narrenkappen und vor den Gesichtern dünne Schleier mit großen weißen Tupfen. Die goldenen Lichtkugeln der Autos und Straßenbahnen wirbeln Kügelchen aus Quecksilber vor sich her, die wie Sonnenstäubchen tänzeln. Alte, missgünstige Besen sind heftig bemüht, den Kobold Schnee zur Ordnung zu rufen. Sie weisen ihn weg vom Trottoir; »Du, pass auf, hier darfst du dich nicht hinlegen!« Aber der Schnee ist ganz ungezogen und setzt sich rittlings auf die schneesüchtigen Besen und die eifrig gebeugten Rücken der Herren Hausmeister. So ist der Schnee.

Die Wolken lagern dicht über den Dächern, um den Schnee leichter aus ihren weiten Manteltaschen schütten zu können. Leichte, dunstige Nebelzungen lecken an den Stirnen der Häuser. Die Menschen hasten durch die Gassen, sie sind gebückt, denn sie tragen Lasten von weißen Wundern auf den Schultern nach Hause.

MAX FRISCH
Schneefreude!

Morgen

Manchmal, statt hinauszujauchzen in den Wintermorgen, was sich ein Erwachsener selbstverständlich nicht gestattet, schlägt man seinen Skistock gegen eine Tanne, damit ein solches Schneekissen zerplumpse und verstiebe in jenes Lichtrieseln, das dann eisig und glitzernd heruntersinkt. Man schlottert vor Lust. Und man steigt weiter, und der Schnee rutscht über die Bretter wie feiner und trockener Zucker, während man im Gleitschritt geht und sich die Bretterspitzen leise hineinsägen in dieses weiche Weiß. Wenn ein Wind heranstreicht und es aufweht, bekommt man eine frische Liebkosung übers Gesicht, sodass man rot wird und lachen muss. Dann schüttelt man sein Haar, das grauweiß geworden ist, und es pendeln lauter Perlen darin.

Es geht durch Wald. Zwischen den Stämmen gibt es schräge Sonnenbäder. Mit jenen seltsamen und grellen Klecksen, wie wenn man malt und zu viel am Pinsel hat, sodass die Farbe heruntertrieft übers ganze Bild. Die Sonne strömt aus den Wäldern hernieder und übergießt diese Felder. Mit ihren hundert Kügelchen, die kantenlos ineinanderfließen und sanft sind wie eine frauliche Handbewegung. Übrigens: Was auf diesen Tannenästen

schwebt, sind keine Schneekissen, sondern ganze Bettdecken; und zwischen solchen blendenden Bettdecken
und den schlanken Stämmen, die eine ruhige und wohl-
tuende Ordnung hineintragen, ist der Himmel: ein ma-
kelloses Hinblauen.

Schmal ist der Weg. Gerade für ein Paar. Und bloß an
rutschgefährlichen Stellen zeigt es sich, dass Mann und
Frau allein gehen müssen. Dann ist jedes auf sich selber
angewiesen, sobald es heikel wird. Ich spreche nicht vom
Leben, sondern vom Weg zum Stoos.

Zwischen den Tannen, die emporpfeilen aus der seit-
lichen Tiefe, stürzt unser Blick hinunter in eine ferne
Ebene. Wie Streichholzschächtelchen sind die Gehöf-
te von Schwyz, und die Kirchtürme wie Wachskerzen.
Sie haben noch keine Sonne. Über den Äckern, deren
Schneedecke fadenscheinig ist und einiges Erdbraun
durchlässt, hängt noch die steife Morgenkälte: bläulich
und glasig. Und nackte Bäume stehen zart und schwarz,
als wären sie mit feinstem Tuschpinsel hineingemalt.

Überraschend, indem sich eine Waldlichtung aufreißt,
springt der Große Mythen aus diesem flachen Seetal. Seine Wände stehen goldrot und zeigen, wie die Sonne allmählich die Schatten herunterfrisst, während wir steigen und steigen.

Vom Stoos aus

Schön und schroff steht der Felsklotz, der sich Klingenstock nennt. Und irgendwo gibt es einen Schneehang,
einen steilen und blanken Scheitel, und darin, kaum zu
glauben, eine Spur. Es ist ein einsames und enges Schlän-
geln: mit den geweiteten Mondspuren von verstiebten
Schwüngen, dazwischen die schlanken und schüssigen
Geraden. Ein namenloser Slalom, hingeschrieben in Sonne und Landschaft: Lernt Ski fahren wie ich!

Begegnung

Zufällig lernte ich sie kennen, weil ich gerade stand und
die Jacke auszog. Nämlich eine Tanne, die aber keine Tanne mehr ist. Sondern der Winter hat sie stilisiert. Ein
entzückendes Schneerätsel. Man steht wie vor einem
Picasso: Weiß nicht, was soll es bedeuten? Aber schön
ist es. Will nicht Mensch und nicht Baum und nicht Tier
darstellen. Einfach schön will es sein – ist das nicht genug? Mit seinen herrlichen Schneelocken, als quellten
immerfort neue hervor und als sänken sie dauernd hinab: mit vollendeten Formen und ohne einen einzigen
Missklang. Dann setzt man die Mütze wieder auf: Hat
mich sehr gefreut.

Abfahrer

Einige fahren schon nieder? Weit oben entdeckt man gleitende Punkte. Man möchte sie mit Wanzen vergleichen, wenn man sich damit nicht selber übel beleumdete. Langsam bewegen sie sich über diese Hänge, die sich vergleichen dürfen mit Parsenn. Ein großzügiges und schwungvolles Gelände. Bloß nicht jene Länge wie Parsenn. Dafür auch nicht jene Völkerfahrt. Und dafür manchmal ein Feld, wo man eine erste Spur ziehen darf.

Wahrhaftig: Einer kommt schon heran! Mit Schussfahrten, als hätte man ihm gemeldet, dass er erben könnte. Mit verrückten Schussfahrten, bei denen es so köstlich in die Brust greift, dass oft die Augen übergehen. In niedrigster Hocke kommt er. Rasch wachsend, als hätte ich mein Auge auf Zeitraffer eingestellt. Verschwunden ist er hinter einem Hügelchen. Und ich verschnaufe. Jetzt spritzt er hervor, aus einem Waldloch, spritzt wie ein Kirschstein aus dem Mund und flitzt vorüber. Und dann hats ihn: eine Abkühlung. Habe ich doch gleich gesagt und steige weiter mit überlegener Miene.

Bis der andere kommt: Er kommt gelassener und kostet das Gelände aus. Dahin und dorthin. Er schlürft die Mulden geradezu aus mit seinen Schwüngen. Links und rechts, dass es nur so weiße Schleier stiebt, welche wieder verschweben und verglitzern. Und nun ruht er ein wenig: den Oberkörper vorgeneigt auf die zwei schrägen Skistöcke; auf einer Gratzunge hält er Ausschau und merkt, dass es schöne Gebirge gibt ringsum. Bis sein Blick eine nächste schmissige Linie entdeckt hat: dann ein Stoß mit den Stöcken und Zusammenklappen in die Hocke: So nimmt es ihn hinunter, immer schneller, und drüben wieder am Gegenhang empor, wie fliegend, und nun zwischen Tännchen hindurch, mit geistesgegenwärtigem Geschlängel, dass es den Tännchen fast schwindlig wird. Und hinunter und hinunter, links und rechts zwischen den Badewannen des Ersten hinunter. Auffedernd, wenn es eine Mulde gibt und ihm der Boden wegsinkt unter den Brettern. Abfedernd, wenn es eine Welle gibt und ihm der Boden einen Stoß gibt, den er abfangt in den Knien. Immer eingehend und wie verwandt mit dem Gelände.

Gipfel

Bei Morschach sieht man den Vierwaldstättersee, verliert ihn bald aus dem Blick und nimmt ihn als großes Versprechen mit, indem man gegen das Muotatal wendet. Vom Stoos aber steigt man in der herrlichen Riesenmulde, deren Hänge herunterschwingen vom Hausstock und Klingenstock und Fronalpstock. Eine anmutige und geschlossene Kleinlandschaft genießt man im Aufstieg zum Fronalpstock, dessen großartige Gipfelschau uns aufgespart bleibt bis zum allerletzten Schritt. Also ein spannender Aufstieg. Und wenn dann über dem weißen Grat, den man immer für den obersten hält, nicht abermals ein noch höherer aufleuchtet, sondern wenn es nun wirklich der oberste ist und unser Feld einfach aufhört in den Himmel hinaus, erlangt man den Gipfel: eine Platte, auf der uns nun die ganze Herrlichkeit des Urnerlandes dargeboten wird.

Man schüttelt die Bretter los und vergisst, sie fachmännisch einzustecken, läuft; ans Geländereiten, und unser Blick taumelt hinunter: auf den wiedergefundenen Vierwaldstättersee. Schwarz liegt er im engen Fjord. Denn die Schattenform des Gebirges liegt über seiner Fläche. Und dort, wo die Sonne hinablangt, gibt es eine Flut von glitzernden Weilchen, von tanzender Sonnenspiegelung und zittrigem Silber. Seltsam wirkt es auf diesem tiefen Wasser, das wie Tinte daliegt.

Auf der Gegenseite kraxelt unser Blick wieder himmelhoch. Über Steilwälder und senkrechte Felsbänder dazwischen und bis zu diesen blendenden Schneewölbungen. Das sieht dann aus wie vernickelt. Es ist besonnter Harst am Urirotstock. Anderswo scheint der Schnee mild: wie ein Hauch und rotgolden. Und wieder anderswo leblos und blass, wo bläuliche Schattenfinger hinabtasten und schließlich knicken, wenn sie in den See schlagen. Immer verweilt unser Blick wieder auf diesem gespenstischen See. Und immer muss man ihn wieder losreißen und wandern lassen über diese Höhen: über die Berner Alpen, die unwahrscheinlich zart sind im Fernschein, unwahrscheinlich schwebend über den Taldunsten und wie aus Goldstaub gebaut. Dann die Gipfel vom Gotthard und Tödi und Glärnisch. Und bis zum Säntis, wo der Himmel ist wie grünliches Glas. Man möchte mit dem Skistock dranklopfen, damit man sein feines Klingen hörte.

Übrigens: In dieser Wand, die vom Fronalpstock abstürzt zur Axenstraße, und wo zwischen Felsschnörkeln tollkühne Schneewechten kleben, entdeckt man eine Spur. Von einer Gämse. Manchmal ganz tiefe Löcher im Schnee, die dann bläulich schimmern. Und zugleich sieht man über dem waghalsigen Schneebändchen überall jene Rillen, wenn der Schnee herabrollte, den das Tier gelöst hatte beim Herausziehen seiner tief gesunkenen Füße. Es ist die Spur einer Unglaublichkeit und die Erklärung mancher Lawine.

Man liegt nun auf dem Rücken, hemdärmlig. Man lässt das Licht um Arme und Gesicht schmeicheln. Mit geschlossenen Augen, während das Hirn allmählich entwickelt, was diese Augen soeben aufgenommen haben. Man hört bloß das Wachsen und Sinken seiner eigenen Brust. Einmal vielleicht ein Blechgeschirr, womit der Wind spielt, sodass man dennoch die Augen wieder aufschlagen muss: Es ist so unvorstellbar schön, dass unsere Erinnerung jedes Mal überboten wird von dieser wieder gesehenen Wirklichkeit.

HERMANN HESSE
Wintertage in Graubünden

Von Klosters aus stieg ich an einem sonnenklaren, kalten Morgen die verschneiten Gassen und Matten hinan. Die Gipfel sprangen, einer nach dem anderen, ins milde Goldlicht des aufsteigenden Tages und lachten rosig in der milchig-sanften Himmelsbläue. Im Dorfe war wenig Leben, die Engländer schliefen noch im Grand Hotel, die Kinder waren in der Schule; man sah nur da und dort einen Bauern mit Schlitten und Kuhgespann bergaufwärts fahren, um aus den hochgelegenen braunen Holzschuppen Heu zu holen, oder einen anderen, der ins Holz ging und seinen schweren Handschlitten an den hohen Hörnern nachschleppte. Sonst kein Leben und kein Ton als das Knirschen meiner Sohlen auf dem gefrorenen Schnee und weit unten im Tal das kaum hörbare, entfernte Schnauben der Davos-Landquartier-Eisenbahn.

Langsam kam ich empor, über das Dorf hinaus und der Sonnengrenze näher, die mir unmerklich entgegenkam und nach der ich allmählich sehnlich begehrte, da mir Ohren und Hände steif und rot gefroren waren und weh taten. Der Weg war, obwohl nicht gepfadet, angenehm und wenig anstrengend, da der harte Schnee mich bequem trug und doch so viel nachgab, dass ich sicher und ohne Gleiten direkt aufwärts steigen konnte. Zwei

Raubvögel, vermutlich Turmfalken, kreisten hoch und feierlich umeinander, sonst war außer mir nichts Lebendiges mehr am Berge sichtbar.

Aufatmend erreichte ich die höheren, von der Sonne beschienenen Schneematten. Hier herrschte kein Frost mehr, während ich noch vor einer Stunde in einer Kälte von zwölf Grad gegangen war. Aber nach kurzer Zeit war die Blendung so stark, dass ich die Schneebrille aufsetzen musste. Über die steil geneigten, von der leuchtenden Schneedecke weich abgerundeten Hänge flutete das Licht des jungen Tages diamanten und festlich, spielte in jähen Irisfarben, lachte eisig und unerträglich auf glatten Flächen, füllte Mulden und Hangränder mit zarten, schön blauen Schatten. Reif und Eis schmolzen mir vom Schnurrbart, die Luft begann sich leise zu erwärmen, und ich hielt eine erste kurze Rast, um diese Herrlichkeit zu begrüßen und die beginnenden Freuden der Wintersonne vorauszukosten.

Denn es gibt in der weiten Welt nichts Wunderbareres, Edleres und Schöneres als die Hochgebirgssonne im Winter. Von Schnee und Eis und Stein zurückgeworfen, spielt Licht und Wärme schwelgerisch in den unbeschreiblich durchsichtigen winterklaren Lüften – ein Licht und ein Strahlen feiner, zarter, trockener Wärme, von dem das Tiefland auch an den glänzendsten Tagen keine Ahnung hat.

Der lichte Himmel nahm allmählich tiefe Farben an, von Gipfel zu Gipfel gespannt, ruhte er tief und strahlend ohne jeden kleinsten Dunst, blau bis zur Farbe der Veilchen. Zugleich nahm die Wärme zu und ich rastete oft auf dem Schnee, um nicht in Schweiß zu kommen. Den Rock trug ich längst überm Arm und die Handschuhe in der Tasche.

Hinter den obersten einsamen Heuhütten begann Tannenwald und hinter dem Tannenwald stiegen unzugänglich senkrechte Steinwände in den Himmel mit fast gewaltsam scharfen, grellen Umrissen. Rückwärts übersah ich nun das tiefe und weite Tal, ungezählte Gipfel, berühmte und namenlose, und im Schnee verlorne winzige Dörfer, ganz unten die dunkel fließende Landquart. Inzwischen hatte ich die Mütze abgelegt und das Hemd aufgeknöpft. Dann suchte ich mir zwischen Wald und Felsen einen geschützten Ort, wo verdorrtes Moos und Heidekraut schneefrei und trocken in der Sonne brannte. Dort legte ich mich hin, aß ein Stück Schokolade und ruhte gründlich aus.

Ich lag wie im Sommer, fühlte die Dezembersonne auf Nacken und Arme brennen und dachte mit Behagen an meine Heimat am Bodensee, wo jetzt feuchte Kühle und Nebel herrschten. Dann begann ich mir Hände und Arme mit Schnee zu waschen. Und da dies köstlich wohltat, warf ich eilig Schuhe und Strümpfe und alle Kleider ab, tat einen Freudenschrei und badete mich erschauernd im körnigen Schnee. Als ich wieder in den Kleidern war und in der Sonne lag, fühlte ich unter der erfrischten Haut mein Blut wohliger und wärmer und lebendiger kreisen als je nach dem raffiniertesten Dampf-bad.

Einen Teil des Rückweges konnte ich, auf meiner Lodenjacke sitzend, über den Schnee abrutschen, den Rest legte ich zu Fuß zurück und kam gerade zur rechten Zeit nach Klosters, um bei einem guten Mittagessen meinen inzwischen scharf gewordenen Hunger zu stillen.

Im Hotel waren außer mir nur Engländer, und die Ruhestunden und langen Winterabende wurden mir einigermaßen zur Qual. Ich hatte zum Glück ein gutes Buch mit; es heißt »Maria-Himmelfahrt« und ist von einem Arzt in Bozen geschrieben und erlebt. Aber immer konnte ich nicht lesen, und die Unterhaltung mit den Engländern hatte Schwierigkeiten, da sie wenig mehr Deutsch und Französisch konnten als ich Englisch. Überdies ließ man mich fühlen, dass ich nur ein Einheimischer war und dass ich im Touristenkleid zu den feierlichen Mahlzeiten kam.

So blieb mir nichts übrig, als zu lesen, mich zu mopsen und die Gäste zu beobachten. Sie fühlten sich offenbar im Hause schon ganz heimisch und trieben es nach ihrer Art fröhlich, laut und rücksichtslos. Der eine pfiff mit ausdauerndem Atem schöne Lieder, der andere knackte im Salon Haselnüsse mit den Stiefelabsätzen auf, ein Mädchen spielte auf dem Billard mit der weißen Hauskatze. Wer von schüchterner Gemütsart ist, hat es so zwischendrin nicht leicht, er muss verzweifeln oder sich an den Wein halten, und das tat notgedrungen auch ich. Graubünden ist ja erstaunlich reich an guten Weinen, und im obersten Rheintal wachsen einige Trauben, die sich vor denen des mittleren Rheines nicht zu schämen brauchen.

Ein merkwürdig gesegnetes Weinnest ist Malans, ein schönes Dorf zuunterst im Landquarttale, an dessen oberem Ende ich jetzt sitze. Neben vorzüglichen, pikanten, leicht prickelnden Rotweinen wächst dort ein vor Zeiten von den Spaniern angepflanzter, goldener und schwerer Weißwein. Er heißt Completer und ist nur in seiner Heimat erhältlich, da er die schnurrige Eigenschaft hat, blau zu werden, wenn er in der Flasche geschüttelt wird. Es wäre besser, die Weinhändler würden blau, die sich bemühen, diesem »Übelstande« abzuhelfen.

Zu meinem Glück kam abends manchmal der hiesige Arzt ins Hotel zu einem Billard. Er spielte so schlecht wie ich und erzählte mir von seiner Landpraxis, der er auf Schneeschuhen nachgeht.

Die Straße von hier nach Davos führt über Laret und Wolfgang in großen Kehren und Schlingen bergauf, zum Teil durch Tannenwald. Oben im Davoser Tal ist es noch sonniger, aber nachts und bei trübem Wetter auch viel kälter als in Klosters; Nachttemperaturen von dreißig Grad und mehr sind dort nicht selten. Die beiden Orte Davos-Dorf und Davos-Platz sind als Hoteldörfer das Grauenhafteste, was es in den Alpen gibt, aber das Tal

ist wunderbar, überall der Sonne geöffnet und von reich-
gezackten herrlichen Bergen umgeben. Für Schlitteln,
Skisport und Eislauf kann man sich nichts Verlockende-
res denken, und es ist auch eine Menge englischer und
anderer Sportleute dort. Ich begreife das, ohne mitzuma-
chen; mir ist beim Anblick der vielen Riesenhotels und
Sanatorien und beim Anblick der bis weit in die Landschaft hinaus aufgestellten Tafeln, die den Schwindsüch-
tigen das Ausspucken verbieten, die Lust an Davos so
ziemlich vergangen.

Die Art, wie in Davos der Wintersport betrieben wird,
ist flott und imponierend. Man sieht prächtige Menschen jeden Alters mit geübten Gliedern sich bewegen.
Die Schlittschuhplätze sind groß und glashart, ringsum ist das Land für Skitouren wie geschaffen und die
Schlittenbahnen sind die besten, die ich gesehen habe.
Immerhin ist der Ton solch internationaler Sportplätze
für empfindsame Reisende nicht lange erträglich, und
auch ich nahm nach einigen Stunden gern wieder Ab-
schied, um auf meinem Bergschlitten nach Klosters zu-
rückzukehren.

Nie habe ich eine schönere Schlittenpartie gemacht.
Die Fahrt auf dem gut gebahnten, genügend steilen Weg
ging rasch und flott, ohne übermäßig anzustrengen, und
ich fuhr, auf dem niederen Schlitten zurückgelehnt, beinahe flach auf dem Rücken liegend, durch Wald und an
schönen weiten Ausblicken vorbei, das Auge bald auf den
Weg gerichtet, bald im hohen reinen Himmel ruhend,

während feine, vom Schlitten aufgerissene Schneestaub-
wolken mir kalt und prickelnd übers Gesicht stoben. Unterwegs holte ich einen Bobsleigh, einen langen Sport-
schlitten mit fünf Fahrern, ein. Er hatte umgeworfen
und war völlig zerbrochen, und die fünf Fahrer standen
dabei, rieben sich schmerzende Glieder und wären in der
Eile beinahe von mir nochmals umgerannt worden.

Den Weg, den man in etwa anderthalb Stunden bergauf gestiegen ist, legt man rückwärts auf dem Schlitten in knapp zehn Minuten zurück. Im Dahinfahren
durch den weißen Bergwinter, tausend Meter über dem
gewohnten Leben, vergisst man alles, was des Verges-
sens wert ist, und reitet sausend talab, aus dem Gipfel-
glanz und der Sonnenwärme der Höhe in die strenge
Kühle des totenstillen Bergtales hinunter. Der Geist der
Berge geht mit, der große Tröster –

> *Und manches Mal, wenn ich im Herzen litt,*
> *Ging er auf Gletscherwegen leise mit*
> *Und legte gütig seine kühle Hand*
> *Auf meine Stirne, bis ich Frieden fand.*

THOMAS BERNHARD
Wintertag im Hochgebirge

Seit den ersten Tagen des Lebens fühlte ich mich dort zu Hause. Umwege zwangen mich fort, meine Hoffnungen und Ängste aber kehrten immer wieder zurück: in die Landschaft der Waldwege, zu herabstürzenden Wildbächen, in die Einsamkeit eines Bergdorfs. Im Winter ist es der Schnee, der einen unvergänglichen Zauber übt auf den Menschen, der alles hinter sich lässt, was ihn sonst inmitten der wachsenden Häuser der Stadt umgibt, wo das Leben begraben wird Stunde um Stunde und die guten Gedanken zertreten werden vom Schmutz des bitteren Daseins zwischen den Wänden, deren Risse man seit Anbeginn kennt.

Du kennst den Morgen, wenn sich die Wolkendecke zerteilt und die Nebel über dem zugefrorenen Teich aufsteigen. Du kennst den Baum, der sich vor deinem Fenster krümmt. Du kennst das Dorf. Und wenn du hinaustrittst vor das jahrhundertealte Tor im Schatten des Kirchturms und Atem schöpfst, liegt eine Welt hinter dir, die du niemals geliebt hast. Aber wo du nun gehst, vorwärts, raschen kräftigen Schrittes, wie die Väter und Großväter gingen, arm und im bitteren Dasein, als Ackerbauern dieser Landschaft, als Menschen, die aber doch um die Geheimnisse des Sonnenaufgangs wussten, ergreift dich die Einfachheit. Alles ist einfach, das ganze Leben ist einfach und groß.

Du gehst auf den Friedhof, den Kragen hochgestülpt, die Mütze bis über die Ohren gezogen, und stapfst deine Wege zwischen den Gräbern durch. Da liegen deine Brüder und Schwestern, zugedeckt vom meterdicken Schnee, und die Hauben auf allen Kreuzen sind voll von der Fröhlichkeit. Nichts ist Trauer. Wenn ein Mensch hier stirbt, bleibt er doch in der kleinen Gemeinde. Sie verscharren ihn nicht auf dem Massenacker, nein, sie tragen ihn hinaus und grüßen ihn jeden Sonntag, wenn sie zur Kirche gehen. So arm sie auch sind in dieser Gegend, Bergbauern, Häusler, Schuhmacher und andere Handwerker – sie glauben an die Fruchtbarkeit und die Auferstehung des Geschaffenen. Und wenn sie in der Kirche zum Orgelspiel singen, und ihr warmer Atem wie Nebel in die eiskalte Luft steigt, wenn die Ministranten mit vergoldeten Glöckchen klingeln, fühlen sie alle: wir sind in unserer Einsamkeit nicht allein.

Was dich schmerzt hier, ist, dass du auf diesen Wegen deine Heimat wiederfindest, dass dich die Menschen hier aber als Fremden betrachten. Sie sehen: er hat keinen Rock von unserem Schneider an. Er hat keinen Hut auf, den wir aufhaben. Er hat andere Schuhe. Er hat ein anderes Gesicht … Und dann grüßt du sie, wie sie dich grüßen, steckst die Hände wie sie in die Hosentasche. Es ist zu spät. Du bist nicht mehr der ihre. Du bist anders geworden. Wer hat dich zu dem gemacht, der du nun bist? Warum bist du so geworden?, fragst du.

Durch das Dorf führt der Weg auf den Berg. Uralte Holzhäuser stehen da, braungebrannt von der Sonne. Darinnen siehst du kleine Kinder am Morgen ihre warmen Nasen an die Eisblumenscheiben drücken. Hast du das auch getan? Und dann wanderst du den silbern blinkenden Spuren der Schlittenfuhrwerke nach, die vor dir denselben Weg bergauf gefahren sind. Du fühlst dich wie neugeboren, so, als hättest du bisher völlig sinnlos gelebt. Der Bach am Rande des Weges raucht, plätschert hinunter, ist vom Schnee überhangen. Als Bub nahmst du einen Anlauf und sprangst hinüber – und herüber. Nein, jetzt kannst du es nicht tun. Warum kannst du es nicht tun? –

Die Heuhütte ist dieselbe wie vor Jahren. Es ist eine lange Zeit vergangen. Damals war Sommer. Aber wenn du ganz nahe herantrittst, kannst du den Wohlgeruch spüren, der durch die rissigen Balken kommt. Früher hast du oft in einem Heuschober übernachtet, wenn dich die Nacht überraschte. Du hast dich früher nicht um ein Bett gekümmert. Es war dir gleichgültig. Du musst sehr jung gewesen sein. –

Stundenlang kannst du hier wandern, ohne einen Menschen zu treffen. Die Menschen haben sich dir im Krieg aufgezwungen. Es waren zu viele, die sich um dich kümmerten, die etwas haben wollten von dir, die dich prüften, untersuchten, die dich in ihre Reihen zwangen, die dich verprügelten, weil du nicht mitgemacht hast. Es war eine bittere Welt voller Menschen. Und darum hast du Angst bekommen vor ihnen. Hier aber ist keiner, nur hie und da tritt dir ein Reh in den Weg, hundert Meter von dir, steht still und wartet, schön, edel in der göttlichen Schneelandschaft und seine Augen blicken dich, wenn du näherkommst, an, als hätten sie sich zum allerersten Mal geöffnet.

Jetzt ist klarer Himmel über den Bergen. Jetzt siehst du den gewaltigen Fels, wandert dein Blick über einen Hügel, auf dem Lärchen wachsen, von denen einst ein Goldregen fiel … Auf der einen Seite wirft das Heukareck seinen mächtigen Schatten über das tiefgelegene Tal, durch das sich die Bahn schlängelt, die du nicht siehst, auf der andern, drüben, ragt der Hochkönig ins Blaue. Aber das ist auch schon genug – nichts bezeichnen, nur es sehen. So wie die Blumen des Sommers namenlos blühen sollen vor deinen Augen, soll die Schneelandschaft des Hochgebirges erscheinen.

Nachdem du drei Stunden Schnee und Eis, berstende Bäume, Holzstege und Heuschober hinter dir hast, erblickst du ein Haus. Kaum dass die Wand aus dem Schnee sich färbt. Das Dach ist weiß, auf dem Strick, von Baum zu Baum, hängt hartgefrorene Wäsche. Davor sitzt ein Mädchen auf einem Schlitten. Vielleicht ist es nie von hier fortgekommen. Eingemummt in Wolle lacht es dir entgegen, läuft herzu, und geht mit dir ins Haus. Zuvor klopfst du das Eis von den harten Schuhen, schaust du noch einmal zurück den Weg, den du hergekommen bist, aber der Nebel hüllt ihn schon nahe den Tannen. Hier könnte wirklich vor Tagen ein Christkind angeflogen gekommen sein ...

»Ist es nicht wahr?«, fragst du.

Das Mädchen nickt. In der Stube sitzen sie, mitten in ihrer Armut. Die Mutter schneidet selbstgebackenes Brot vom Laib, der Vater wärmt sich am Ofen. Dass man sich herausgetraut hat in der Kälte, fragen sie, und daraus erkennt man, dass sie den Städter für schwächlich halten. Herausgetraut? Selber rackern sie sich ab bis zum letzten Atemzug, ziehen Holz vom Berg herunter im Schnee an den Wochentagen. Ein hartes Leben. Sie haben wenig, ein Dach über dem Kopf und Butter und Milch, und ein Kalenderbuch, das du ihnen bringst, betrachten sie mit kindlichen Augen. Ein ganzes Dasein arbeiten sie hier heroben, abgeschlossen – man hört ihren Ruf nicht zum nächsten Hof –, und sie sterben meist auf dem Berg, unter einem Baumstamm, selten im Bett, nur die Mütter, weil sie in Einsamkeit ihre Kinder zur Welt bringen.

Weit ist der Weg zurück und es überrascht dich die Nacht. Bald siehst du die Sterne. Sie glänzen über dir und unter dir der Schnee. Es friert dich. Manchmal erschrickst du, wenn ein Ast sich entlädt, wenn ein Vogel aufkreischt, aber bald leuchten dir die Lichter des Dorfes entgegen und, wie damals, vor Jahren, läufst du den ausgetretenen Pfad hinunter. Wenn du auch hungrig bist hier, wie nirgends sonst, die Nacht im Gebirge, das »Sich-gänzlich-selbst-Überlassene« auf der dunkelflimmernden Erde, trägt dir noch eine Ahnung von Dauer und Ewigkeit zu.

EVA DEMSKI
Schnee

Früher war nicht nur mehr Lametta, sondern auch mehr Schnee, das weiß jeder. Deswegen gibt es jetzt nur noch alle paar Winter Gelegenheit, zu sehen, zu welcher Katzensorte unsere gehört – unerschrocken, unempfindlich und dem neuen Element zugetan? Oder Mimose, die schon bei einer millimeterdünnen Schneedecke am liebsten alle vier Pfoten gleichzeitig heben und in den Wintermonaten ihre Freiheitsliebe vergessen? Neues Element nenne ich den Schnee, weil Katzen offenbar vergessen, dass es so was überhaupt gibt, und zwar beide Spielarten, die Abenteurer und die Couchkartoffeln. Schnee ist für sie immer wie zum ersten Mal. Manchmal mutieren vierbeinige Sofakissen zu Arktiswanderern, auch das kommt vor.

Für Wohnungskatzen ist Schnee nur bestaunenswert – fallende Flocken wie winzige weiße Vögel, wie Massen von Schmetterlingen, sie müssen ihnen hinter Fensterscheiben stundenlang zuschauen. Auf die Fenstersimse legen sich weiche Kissen, die sachte dicker werden. Wie sich das Zeug aber anfühlt? Ob Wohnungskatzen über die weiß gewordene Welt da draußen nachdenken? Manche Menschen haben Vogelhäuschen vor dem Fenster und sorgen damit bei ihrer Katze für Aufregung und nutzloses Jagdfieber mit Kinnzittern und Anschleichen.

Katzenfernsehen, Abenteuerersatz. Manche sind abgebrüht, sie tun so, als sei ihnen das Meisen- und Amselgeflatter vor dem Fenster völlig gleichgültig. Ihre Schwanzspitze aber verrät sie.

Wir folgen lieber den Spuren, die freie Katzen im frisch gefallenen Schnee hinterlassen, das beginnt mit einem unschlüssigen Hin und Her, macht ja kalte Pfoten, das Zeug. Dann pfeilgrade den Stickereien der Vogel- und Mäusefüßchen hinterdrein, ich erinnere mich noch an die Ganovengesichter unserer Siamesen, die Gräben in den Schnee pflügten, bis er ihnen um die dunklen Ohren stäubte. Im Sommer waren sie im Garten stundenlang unsichtbar, jetzt fand man sie leicht. Eine Halbwilde hatte ich, die sich auf ihrer Decke im Gartensessel lieber einschneien ließ, als ins Warme, ins Sichere, ins Wohnungsgefängnis zu kommen. Es heißt nicht umsonst Fröste der Freiheit. Das wissen Millionen domestizierter Kater und Katzen und nehmen Schneetage als Kurzabenteuer, in der Gewissheit, dass das Basislager mit allem, was man so braucht, in der nahen Küche wartet.

Ich weiß nicht, ob sie Schnee wirklich mögen, das habe ich auch bei Menschen nie gewusst. Er ist ein wunderbares Ereignis, das die Welt für kurze Zeit hell, sauber und klar aussehen lässt. Jedes, auch das allerkleinste Wesen, hinterlässt unverwechselbare Spuren. Aber man möchte doch wissen, dass man irgendwo vor ihm sicher ist, dem Schnee, und ihm nicht auf unbestimmte Zeit ausgeliefert bleibt. Da gehts den Menschen wie den meisten Katzen. Nur die ganz Misstrauischen bleiben lieber allein in der Kälte.

Der Kater schüttelt sich übertrieben beim Reinkommen, tut so, als sei er einer Lawine knapp entronnen und betrachtet seine nassen Pfotenabdrücke auf dem Boden.

Großer Spaß, aber für heute reichts, sagt er.

Was gibts zu essen? Schnee macht hungrig.

ROBERT WALSER

Die kleine Schneelandschaft

Gestern haben wir Schnee bekommen, und heute in der
Morgenfrühe ging ich hinaus zur sorgsamen und ruhigen Besichtigung der Schneelandschaft. Niedlich, wie ein
artiges Kätzchen, das sich geputzt hat, liegt jetzt das reiche, liebliche Land da. Jedes Kind, sollte ich meinen, kann
die Schönheit einer Schneelandschaft im Herzen verste-
hen, das feine saubere Weiß ist so leicht verständlich, ist
so kindlich. Etwas Engelhaftes liegt jetzt über der Erde,
und eine süße, reizvolle Unschuld liegt weißlich und grün-
lich ausgebreitet da. Ich freute mich über meine Aufgabe,
über das Amt, über die angenehme Pflicht, die mir vor-
schrieb, sorgfältig und aufmerksam Notiz vom Schnee
und seinen Reizen zu nehmen. Wunderbare Feinheit und
Schönheit lag darin, dass das Gras so artig und mit so
zarten Spitzen aus der Schneefläche herausschaute. Ich
ging wieder zu meinem alten unverwüstlichen, gütigen
Zauberer, zum Wald, und zum Wald wie im Traum wieder hinaus, und da lag es da, das Kinderland in seiner
Kinderfarbe. Die Bäumchen und Bäume schienen einen
graziösen Tanz auf dem weißen Felde aufzuführen, und
die Häuser hatten weiße Mützen, Kappen, Kopfbedeckun-
gen oder Dächer. Es sah so appetitlich, so lockig, so lustig
und so lieb aus, ganz wie das zarte, süße Kunstwerk eines geschickten Zuckerbäckers. Noch ein Morgenlicht

leuchtete in einem Fenster, und ein anmutig Haus stand in einiger Entfernung, das hatte Fenster wie Augen, welche fröhlich und listig blinzelten. Das Haus war wie ein Gesicht, und die fünf grünen Fenster waren wie seine Augen. Geh doch hin, lieber Leser, noch steht das zauberische Landbild da, mit Schnee auf seinem lieblichen Antlitz. Man darf nur nie zu träge sein und sich vor ein paar hundert Schritten nicht fürchten, zeitig aus dem Faulenzerbett aufstehen, sich auf die Glieder stellen und nur ein wenig hinauswandern, so sieht sich das Auge satt, und das freiheitsbedürftige Herz kann aufatmen. Geh hin zu der artigen Schneelandschaft, welche dich wie mit einem schönen freundschaftlichen Munde anlächelt. Lächle auch du sie an und grüße sie von mir.

Winterfreuden

KATHERINE MAY
Schnee

Wenn die Menschen von Schnee reden, tun sie das oft mit einer gewissen Nostalgie – in der Kindheit unserer Erinnerung gab es meist viel mehr Schnee als in Wirklichkeit. Seit mein Sohn auf der Welt ist, habe ich mich jedes Mal beim geringsten Schneefall mit einem Zollstock bewaffnet ins Freie begeben, und ich kann mit Überzeugung sagen, dass wir in den ersten sechs Jahren seines Lebens nie eine geschlossene Schneedecke hatten. Jahr für Jahr warteten wir gespannt wie die Kinder. Jahr für Jahr kauften wir Bert im Herbst Schneehose und -jacke, und Jahr für Jahr blieb beides unbenutzt in der Garderobe hängen. Bert spricht von Schnee wie von einem mythischen Wesen, vergleichbar mit Drachen, von denen er sich so sehr wünscht, sie würden wirklich existieren. Er träumt davon, ihn eines Tages zu sehen, diesen Schnee, begreift aber langsam, dass das wohl ein frommer Wunsch bleiben wird.

Ich habe in meinem Leben keine weiße Weihnacht erlebt, aber ich kann mich an mehr als einen Winter erinnern, in dem das Dorf meiner Kindheit nach heftigen Schneefällen von der Außenwelt abgeschnitten war, in dem der Strom ausfiel und die Lagerbestände im Lebensmittelladen schwanden. Meine Mutter kam nach Hause und erzählte uns von einer alten Frau, die das Brot an sich gerissen hatte, als würden wir alle verhungern. Die Leute standen vor der Haustür, um zu sehen, wann der Milchwagen wohl endlich wieder durchkäme.

Im Winter 1987 war so viel Schnee gefallen, dass er sich entlang der Straße zur Schule höher als unser Auto türmte. Wer es bis ins ausgekühlte Gebäude schaffte, bekam in der Pause einen orangen Becher heißer Suppe, Ochsenschwanz oder Tomate. Meine Mutter gestattete mir, Moonboots sowie unter der Uniform einen weißen Rolli zu tragen, und sie versprach mir, mich in Schutz zu nehmen, falls die Lehrer das kritisieren sollten. Zu Hause am Dachüberhang wurden die Eiszapfen immer länger und immer dicker. Wir beschlossen, sie zu dokumentieren: Wir maßen sie (der längste war, wenn ich mich richtig erinnere, 1,22 Meter lang) und brachen sie ab, um sie in der Badewanne zu fotografieren. Zentralheizung gab es bei uns nicht, meine Kleider mussten deshalb vor dem Gasofen im Wohnzimmer trocknen, und ständig hatten wir Angst, dass der Gasvorrat erschöpft sein würde, bevor die Straßen wieder frei waren. Nicht dass mir das etwas ausgemacht hätte. Ich fand es toll, dass unser Winter so streng war, faszinierend, mit welcher Macht er für Veränderung sorgte. Von mir aus hätte er gar nicht mehr enden müssen.

Ein bisschen geht es mir heute immer noch so mit Schnee. Sosehr ich mich auch bemühe, es gelingt mir einfach nicht, die unter Erwachsenen übliche negative Haltung zu ihm einzunehmen und ihn einfach nur lästig zu finden. Ich liebe diese Lästigkeit genauso, wie ich insgeheim eine fiese Erkältung liebe: Der Alltag wird auf den Kopf gestellt, man ist gezwungen, einen Gang zurückzuschalten und seine Gewohnheiten zu ändern. Ich liebe die optische Veränderung, die der Schnee mit sich bringt, wie die Welt die Farbe wechselt zu glitzerndem Weiß und dass die Menschen auf der Straße einander plötzlich grüßen. Ich liebe den Effekt, den der Schnee auf das Licht hat, die leicht lila Wolken am Himmel, kurz bevor die ersten Flocken fallen, und wie er am Morgen schon hinter den noch geschlossenen Vorhängen zu erahnen ist, weil er so hell leuchtet, wie nur Schnee leuchten kann. Ich liebe das Gefühl von Neuschnee unter meinen Füßen, während ich versuche, Kristalle auf meinen Handschuhen landen zu lassen. Ich bin nicht oft ausgelassen wie ein Kind – nur, wenn es schneit. Schnee versetzt mich irgendwie zurück.

Schnee weckt in uns eine Ehrfurcht angesichts einer Macht, die stärker ist als wir. Er ist der ästhetische Inbegriff des Erhabenen, in dem Großartigkeit und Schönheit sich verbinden und uns kleine, schwache Menschen überwältigen.

Auch als Erwachsene hatte ich es immer wieder mit Schnee zu tun. Einmal fuhr ich eine alte Kommode zur städtischen Müllkippe, alles ging gut, bis ich an der Einmündung zur Hauptstraße bremsen musste und einfach geradeaus weiterrutschte, langsam und majestätisch wie ein Kreuzfahrtschiff. Zum Glück kamen von rechts und links keine Autos. Einmal war ich mit dem Eurostar in Paris, dann froren die Gleise ein, und uns blieb nichts anderes übrig, als noch ein paar Tage länger in eleganten Cafés herumzusitzen. Einmal, als ich gerade nach Whitstable gezogen war, lief ich hinunter an den menschenleeren Strand, nur um zu sehen, wie das Meer gegen Schnee brandete.

Doch dann kam Bert, und man könnte meinen, er sei eine Art Talisman gegen Schnee. Es gibt ein Foto von ihm als Baby, auf dem Kopf eine Mütze mit Ohrenklappen, wie ich ihn mir vor die Brust geschnallt habe und durch gerade mal zwei Zentimeter Schnee trage, aber daran kann er sich natürlich nicht erinnern. Sobald er laufen konnte, kaufte ich ihm einen Schlitten, weil ich dachte, wenn ich damit wartete, bis es tatsächlich schneite, dann wären Schlitten natürlich weit und breit ausverkauft und es wären nur noch Porutscher übrig. Das gute Stück wurde nie benutzt und fiel irgendwann in sich zusammen, nachdem wir im Schuppen immer mehr Gerümpel darauf gestapelt hatten. Im milden Mikroklima von Whitstable ist die Anschaffung eines Schlittens komplette Geldverschwendung. Hin und wieder war ich versucht, mit meinem Jungen in eine der nächsten Städte oder sogar in die nächste Grafschaft zu fahren, nur, damit er auch mal sehen konnte, wie es schneit, aber ich bin mir ziemlich sicher, dass Schneesturmtourismus unter unverantwortliches elterliches Handeln fällt.

Letzten Winter bekam er dann endlich seinen Schnee.

Zunächst ein kleiner Fehlstart: Als an einem Sonntagmorgen um sieben ein paar Flocken in unseren Garten rieselten, flitzte ich sofort nach oben in Berts Zimmer und weckte ihn. Wir packten ihn mitsamt seinem Schlafanzug in eine dicke Jacke, Mütze, warme Socken und Stiefel und schickten ihn zum Spielen raus in den Garten, wo sich eine hauchdünne Schneedecke auf dem Rasen bildete. Nach dem Frühstück wollten wir noch einmal raus, aber da matschte es bereits auf den Bürgersteigen, und in die Gullys plätscherte Schmelzwasser. Ich fragte mich, ob das bereits das Schneehighlight des Jahres gewesen war.

War es nicht: Der Wetterbericht (von dem wir nicht zu viel erwarteten) versprach bereits für die Nacht weitere Schneefälle, und am nächsten Morgen war er dann tatsächlich da. Dieses Mal verschwand der ganze Garten unter einer dicken Schneedecke, alles Unkraut, alles Gras war verhüllt, alles wirkte so friedlich. Bert musste nicht zur Schule, also zogen wir uns unsere Wintersachen an und gingen an den Strand, wo der Schnee wie große Marshmallows auf der Strandmauer lag und der graue Meeressaum sich in Eisbrei verwandelt hatte. Wir bauten eine Schneemöwe mit einem Zweig als Schnabel und einem Schlips aus Herzmuscheln und rollten Schneebälle am Strand. Später kauften wir einen neuen Schlitten (es gab mehr als genug) und gingen damit zu den Tankerton Slopes, auf denen es nur so wimmelte von rotwangigen, lachenden Kindern, die sich die Hänge runterstürzten und wieder raufkraxelten. Wir beobachteten vier Jungs dabei, wie sie in einem Kajak abwärtssausten, über die Strandmauer hinweg, und wie sie krachend am Strand landeten.

Ein Tag mit Schnee ist immer ein Tag des Übermuts, ein unverhoffter Ferientag, an dem andere Regeln gelten. Dieser konkrete Tag hatte ein bisschen was von Halloween und Weihnachten. Voller Übermut einerseits und Behaglichkeit andererseits, gleichermaßen rebellisch und rührend. Wieder befanden wir uns in einer Zwischenwelt, dieses Mal zwischen Alltag und Magie. Der Winter ist voll davon: Immer wieder lädt er uns dazu ein, die gewohnten Pfade zu verlassen. Schnee mag schön sein, aber er führt uns auch sehr geschickt an der Nase herum. Er beschert uns eine völlig neue Welt, aber kaum lassen wir uns auf sie ein, wird sie uns auch schon wieder entrissen.

WALTER BENJAMIN
Wintermorgen

Die Fee, bei der er einen Wunsch frei hat, gibt es für jeden. Allein nur wenige wissen sich des Wunsches zu entsinnen, den sie taten; nur wenige erkennen darum später im eignen Leben die Erfüllung wieder. Ich weiß den, der mir in Erfüllung ging, und will nicht sagen, dass er klüger gewesen ist als der der Märchenkinder. Er bildete sich in mir mit der Lampe, wenn sie am frühen Wintermorgen um halb sieben sich meinem Bette näherte und den Schatten des Kindermädchens an die Decke warf. Im Ofen wurde Feuer angezündet. Bald sah die Flamme, wie in ein viel zu kleines Schubfach eingepfercht, wo sie vor Kohlen kaum sich rühren konnte, zu mir hin. Und doch war es ein so Gewaltiges, das dort in nächster Nähe, kleiner als ich selbst, sich einzurichten anfing und zu dem die Magd sich tiefer bücken musste als zu mir. Wenn es versorgt war, tat sie einen Apfel zum Braten in die Ofenröhre. Bald zeichnete sich das Gatter der Kamintür im roten Flackern auf der Diele ab. Und meiner Müdigkeit kam vor, sie habe an diesem Bilde für den Tag genug. So war es um diese Stunde immer; nur die Stimme des Kindermädchens störte den Vollzug, mit dem der Wintermorgen mich den Dingen in meinem Zimmer anzutrauen pflegte. Noch war die Jalousie nicht hochgezogen, da schob ich schon zum ersten Mal den Riegel der Ofentür beiseite, um dem Apfel in seiner Röhre nachzuspüren. Manchmal hatte er sein Aroma noch kaum verändert. Und dann geduldete ich mich, bis ich den schaumigen Duft zu wittern glaubte, der aus einer tieferen und verschwiegeneren Zelle des Wintertages kam als selbst der Duft des Baums am Weihnachtsabend. Da lag die dunkle, warme Frucht, der Apfel, der sich, vertraut und doch verändert wie ein guter Bekannter, der verreist war, bei mir einfand. Es war die Reise durch das dunkle Land der Ofenhitze, der er die Arome von allen Dingen abgewonnen hatte, welche der Tag mir in Bereitschaft hielt. Und darum war es auch nicht sonderbar, dass immer, wenn ich an seinen blanken Wangen meine Hände wärmte, ein Zögern mich beschlich, ihn anzubeißen. Ich spürte, dass die flüchtige Kunde, die er in seinem Dufte brachte, allzu leicht mir auf dem Wege über meine Zunge entkommen könne. Jene Kunde, die mich manchmal so beherzte, dass sie mich noch auf dem Marsch zur Schule tröstete. Dort angelangt, kam freilich bei Berührung mit meiner Bank die ganze Müdigkeit, die erst verflogen schien, verzehnfacht wieder. Und mit ihr jener Wunsch: ausschlafen zu können. Ich habe ihn wohl tausendmal getan und später ging er wirklich in Erfüllung. Doch lange dauerte es, bis ich sie darin erkannte, dass noch jedes Mal die Hoffnung, die ich auf Stellung und ein sicheres Brot gehegt hatte, umsonst gewesen war.

ALFRED POLGAR
Der Maronibrater

Der Maronibrater zählte zu den Winterfreuden der Groß-
stadtjugend. Sein eisernes, dampfumhülltes Öfchen, aus
dem es rot hervorglühte, übte gleiche Anziehungskraft
auf frierende, zerlumpte, strolchende Proletarierkinder
wie auf feine Kinder, die an der Hand sorgsamer Mütter und Gouvernanten gingen, so gut gefüttert wie ihre
Röckchen und Handschuhe.

Der Maronibrater war ein Bild aus dem Märchenbuch
der Großstadt.

Zwei Kastanien kosteten einen Kreuzer. Das war ein
so unverrückbarer Preis wie etwa der der Semmel. In vielen konzentrischen Halbkreisen lagen die braunen, mild
duftenden Früchte mit geschlitzter Schale auf der Ofenplatte, die großen am linken, die kleinen am rechten Flügel massiert. Tüten aus Zeitungspapier waren vorbereitet.
Ineinandergesteckt sahen sie lustig aus, wie die Hütchen,
die der Clown im Zirkus mit dem Kopf auffängt, eines
über dem andern.

Dann waren noch Kartoffeln da auf der Ofenplatte,
einen Kreuzer das Stück, inklusive Salz, das in einem
eigenen winzigen Tütchen gegeben wurde. Herrlicher
Schmaus! Die dicke, geröstete Schale war das Beste. Die
Kartoffel war so heiß, dass man jeden Bissen erst eine
Zeitlang im offenen Mund auskühlen lassen musste.

Auch Bratäpfel gab es beim Maronibrater, die dufteten wie Weihnachten. Auf der geplatzten Schale standen dicke zuckersüße Tröpfchen, und wo nur ein kleiner Spalt an der Außenseite der Frucht war, dort quoll in weißen Schaumperlen der Saft hervor. Wo die Äpfel auf der Ofenplatte gelegen hatten, dort waren sie ganz schwarz, verbrannt. Aber gerade das schmeckte am köstlichsten. Einen Kreuzer kostete das Stück.

Der Maronibrater stand über sein Öfchen gebeugt und ordnete die Herrlichkeiten, wendete die Kartoffeln und Äpfel, dass sie gerechterweise überall gleichmäßig erhitzt würden, drehte Papiertüten, schob Kohle unter den Rost. Er trug gewöhnlich eine krümelige schwarze Pelzmütze. Der Hauch aus seinem Munde mengte sich mit dem Dampf, der von der Eisenplatte aufstieg, und sein Gesicht leuchtete feuerrot vom Glutwiderschein durch den Nebel. Wenn er gar nichts zu tun hatte, steckte er die Hände in die Taschen – ganz vornehme Maronibrater trugen einen Muff –, trat von einem Fuß auf den andern und rief: »Heiße Maroni!«, auch wenn weit und breit kein Passant in Sicht war.

Meistens aber hatte der Maronibrater Gesellschaft. Der Dienstmann und die Hökersfrau und der Droschkenkutscher wärmten sich die Hände über seinem gastlichen Feuer und besprachen die Härte der Zeiten. Was man so damals »harte Zeiten« nannte! Es war ein Stück häuslichen Idylls auf der winterlichen Straße, aufgebaut um das heilige Zentrum nordischer Geselligkeit: den Herd, den Ofen, die Flamme.

Heute hat der Maronibrater keine Kohlen, sondern heizt mit Holztrümmern. Auf seiner Ofenplatte liegen keine Kastanien und keine Kartoffeln, sondern Haselnüsse; und acht Stück der armseligen Dingerchen kosten zwanzig Heller! Es gibt auch Äpfel, zwanzig Heller das Stück. Verschrumpelte, kleine, unappetitliche Exemplare. Nicht gebraten, nur heiß gemacht. Die Kinder haben kein Interesse mehr für den Maronibrater, und der Maronibrater keines für die Kinder. Er hat weder Pelzmütze noch Muff. In den ersten Abendstunden schon löscht er sein armseliges Feuerchen und legt den Ofen an eine eiserne Kette, damit er nicht von Dieben fortgeschleppt werden könne.

Die dürfen heute auch nicht wählerisch sein.

Mir ist nicht um den Maronibrater leid, sondern um die Kinder. Sie wachsen in einer Stadt auf, die ihnen, wohin sie blicken, nur ein vergrämtes, finsteres, hartes Gesicht zeigt. Sie sind arm geworden. Auch in des Wortes Sinn: arm. Das Zehnhellerstück war Reichtum in der Hand des Großstadtkindes; es barg romantische Möglichkeiten. Heute gibt's dafür: vier Haselnüsse.

Oder eine Extraausgabe.

HERBERT ROSENDORFER
Schlittenfahrt

Ich habe es nicht geahnt – weil ich noch ein kleiner Bub war, der nur seiner Gegenwart lebt –, aber ich hätte es wissen können, wenn ich erwachsen gewesen wäre, wie poetisch eine richtige, notwendige und alltägliche Schlittenfahrt sich in unseren heutigen Augen darstellt. Meiner Tochter – die vielleicht einmal in immer komfortableren Automobilen zu ferngeheizten Berghotels fährt – wird es vorkommen wie ein Märchen, wenn sie alt genug sein wird, um zu erfahren, wie ihr Vater noch mit einem Schlitten von Kitzbühel nach Sankt Johann und zurück gefahren ist.

Meine Großeltern hatten eine treue Kundschaft in Sankt Johann – zehn Kilometer von Kitzbühel entfernt –, den »Dampfl«-Wirt, der sein ganzes Haus aus dem Geschäft meiner Großeltern einrichtete – soweit Kriegszeiten eine Einrichtung zuließen. Weil eine Hand die andere wäscht, wurde eines Tages beschlossen, am Sonntag zu Mittag beim »Dampfl«-Wirt ein großes Essen einzunehmen – ebenfalls, soweit es die Kriegszeiten zuließen. (Mit gutem Willen ließen sie erstaunlich viel zu, erinnere ich mich deutlich, sowohl beim Einrichten als auch beim Essen, wie gesagt … eine Hand wäscht die andere.)

Es war tiefer Winter, aber ein klarer Tag. Es war ganz selbstverständlich, dass man nach Sankt Johann mit dem

Schlitten fuhr. Es gab zwar die Eisenbahn, aber die war nicht oder kaum geheizt und unbequem, außerdem für so kurze Strecken meinen Großeltern in ihren Augen nicht angemessen. Automobile gab es in ganz Kitzbühel kein halbes Dutzend: jeder der drei Ärzte hatte eins ... und vielleicht der Kreis-Ober-Nationalsozialist, von Taxi keine Rede.

Es wurde also für, sagen wir, elf Uhr ein zweispänniger Schlitten vom Fuhrunternehmer Mariacher vors Haus bestellt.

Nach dem Frühstück und der Messe ergriff alle Beteiligten die Erregung. Meine Großmutter erkundigte sich am Telefon, auch das wird einst märchenhaft sein: man drehte seitlich am Apparat an einer kleinen Kurbel; dann meldete sich das Fräulein vom Amt, meine Großmutter verlangte »Mariacher« – Telefonnummern gab es wohl, aber niemand belastete sein Gedächtnis damit –, das Telefonfräulein sagte, »Ja, Frau Rosendorfer«, sie kannte alle an der Stimme, und nach einiger Zeit meldete sich dann jemand auf der anderen Seite – »Ja?«, und meine Großmutter erkundigte sich, ob der Schlitten auch gewiss käme, ... ja, gewiss, ... pünktlich? ...pünktlich, ... und so weiter.

Ich wurde in unzählige Pullover und Jacken gesteckt, in Mäntel und Übermäntel, bis ich so dick war, dass mein Onkel befürchtete, ich würde aus dem Schlitten rollen. Meine Großmutter zog alle drei Pelzmäntel dreimal an (einmal den schwarzen, einmal den braunen und einmal den grauen obenauf, je nach ihrem oft minutenweis wechselnden Geschmack), mein Großvater bürstete und kämmte sich kräftig und sorgfältig, dem Dienstmädchen (einem ältlichen Fräulein mit Namen Elsa) wurden substantiierte Anweisungen über das Verhalten während der Abwesenheit gegeben (verschiedene von jedem), es ging gegen halb elf. Um halb elf war man theoretisch fertig, um elf nicht mehr. Die überflüssige halbe Stunde hatte zu erneuten Dispositionen verleitet, die dann wieder mehr als eine halbe Stunde in Anspruch nahmen. Es wurde doch noch einmal nachgeheizt, meine Großmutter zog doch den schwarzen Pelzmantel *über* den anderen an, ich musste doch noch den Bleisoldaten ohne Kopf im Keller suchen, und so fort. Mein Großvater tobte: das sei doch ein Durcheinander, das reinste Choas. Ich weiß nicht, ob er aus Jux oder aus fremdwörtlicher Unkenntnis die Laute dieses seines Lieblingswortes verdrehte.

Gegen elf Uhr läutete es … »der Schlitten –« ich eilte zum Fenster. Auf dem breiten Trottoir vor dem Geschäft stand er. Mit gesenkten Köpfen, dampfenden Nüstern und stampfend standen die beiden Pferde und rieben die Hälse aneinand. Der Kutscher mit der Peitsche schaute herauf und schrie – was jeder sah –, dass er jetzt da wäre.

»Einen Moment noch.«

Der Kutscher wandte sich den Pferden zu, zupfte ihre Decken gerade, beschäftigte sich mit dem Schlitten. Heroben wurde abgesperrt, wieder aufgesperrt, weil drinnen der Schlüssel für die äußerste Tür liegen geblieben war … doch nicht liegen geblieben, er steckte, wieder zugesperrt. Meine Großmutter überlegte, ob sie nicht doch den grauen Pelzmantel … Das reinste Choas also. Geduldig stampften die Pferde in der klaren, ruhigen Kälte draußen, und der Kutscher rieb sich mit seinen grobwollenen Handschuhen (»Händlingen«) das Gesicht.

Endlich war es soweit. Der Kutscher öffnete die spielerisch kleine, bauchige, verzierte Tür am Schlitten, ließ die beiden kleinen Trittbretter, eine Miniaturleiter, herunter, mit vereinten Kräften wurde meine Großmutter in den Wagen geschoben. Mein Großvater – er hatte seinen dicksten Überzieher an, mit Bisamfellen durchaus gefüttert, so schwer, dass ich den Mantel nicht aufzuheben vermochte – setzte sich neben sie, beide in Fahrtrichtung. Wer sonst noch mitfuhr, weiß ich nicht mehr, mein Onkel und meine Tante vielleicht, vielleicht ein anderer Onkel, der gerade auf Urlaub aus dem Feld war. Es war jedenfalls eine ganze Gesellschaft, eine richtige Schlittenpartie.

Als alle saßen, wurden die Knie in grobe, große, gelbschwarz-karierte, rotgeränderte Decken gewickelt, eine andere Decke darüber gelegt und dann eine dritte. Pinzi (das war ich) sollte eigentlich zwischen den Großeltern in wohliger Wärme wie in einem Nest sitzen. Ich tobte aber und schrie: ich wollte auf den Bock. Gut, du gehst auf den Bock. Meine Großmutter gab wieder Anweisungen, wie ich an dieser ausgesetzten Stelle richtig vor der Kälte geschützt werden musste: eine Decke um den Körper gewickelt, unter den Achseln, eine über die Knie, eine über das ganze drüber.

Nach längerem Hin und Her, ob nichts vergessen wäre, wurde der Befehl zum Aufbruch gegeben.

Der Kutscher schnalzte mit der Peitsche, die Pferde zogen das Kreuz durch, scharrten mit den Hinterfüßen kräftig ein paar Mal im Schnee und zogen dann mit einem Ruck, der alles durcheinander schüttelte, den Schlitten vom Fleck. Einmal angezogen, glitten die Kufen – vorne hochaufgebogen wie das Geweih eines exotischen Widders – durch den niedrigen, zertretenen Schnee der Straße. Auf dem Trottoir vor dem Haus hatte eines der Pferde sein Siegel zurückgelassen: hellgoldgelben, dampfenden Haferextrakt, der kraft seiner Wärme leicht in den Schnee eingesunken war.

Es war kalt, aber kein Hauch bewegte die schwer mit Schnee beladenen, in der Wintersonne tausendfach blitzenden und glitzernden Fichten am Rand der damals noch fast unbebauten Straße von Kitzbühel nach Sankt Johann. Lautlos lag die Welt, das wahrhaft majestätische Massiv des »Wilden Kaisers« – wie das Totenmonument eines urweltlichen Herrschers – lag, deutlich mit jeder Schrunde und Spitze tieftaubenblau über dem verschneiten Land in der kristallklaren Luft des eisigen Wintermorgens sichtbar ... das sanft gebogene »Kitzbühler Horn« bis zum Gipfel mit Schnee bedeckt, goldglänzend die Sonnenseiten, feenblau die Schatten, darüber der hellblaue, fast zerbrechlich weiße, makellose Himmel. Wie tief die Welt verschneit war, konnte man an den sommers mannshohen Zaunpfosten entlang der Straße sehen, die jetzt nicht mehr als handbreit – schwarzbraun, mit einem hohen Gupf Schnee bedeckt – aus dem weithin unberührten, jungfräulichen, jede Unebenheit des Bodens nivellierenden, strahlend weißen Schnee ragten … das einzige Geräusch – es ist wirklich wie ein Märchen – die Schellen an den Halftern der Pferde, die im Takt der trabenden Schritte in einem ausdauernden, fröhlichen, nicht zu langsamen, aber dennoch geruhsamen Andante die Begleitung zur Fröhlichkeit der Schlittenpartie klingelten.

Im steten Trab, bald eine sanfte Kurve nach links, bald nach rechts, ging es voran. Die Ache wurde überquert: ein Eisbach, dessen Anblick schon ängstigt, wenn man sieht, wie sein grünes Wasser über dick gefrorene Steine und zwischen den ebenfalls dick mit poliertem Eis überkrusteten, wie gepanzerten Ufern dahinschoß. Die sichere Brücke mit dem tief verschneiten Geländer führte uns darüber.

Auf einer ungefährlichen, geraden Strecke erlaubte mir der Kutscher, die Zügel zu führen. Jauchzend, rotwangig vor Aufregung und Kälte, fasste ich die Zügel, schnalzte mit der Zunge, und während ich glaubte, wir flögen dahin im Flaum der verschneiten Welt, gefror mir der Rotz zwischen Nase und Mund, eine winterliche Herrlichkeit.

Wir näherten uns Oberndorf, einem kleinen Weiler

auf der Hälfte des Weges. Die Bauern standen nach der Elf-Uhr-Messe in kleinen Gruppen vor der Kirche und redeten oder schickten sich an, zum »Kramerwirt« hineinzugehen. Selbstverständlich übernahm hier der Kutscher wieder die Zügel, vielleicht durfte ich sie danach noch kurz einmal halten, dann war man bald in Sankt Johann.

Knirschend im harten, niedergetretenen Schnee der Straße vorm »Dampfl«-Wirt hielt der Schlitten, die Schellen verklangen in einer Fermate, die in der Begrüßung des Wirtes unterging. Wir waren natürlich längst gemeldet, der Tisch war reserviert in der Extrastube, eine Magd legte eben noch einen Arm voll Buchenscheiter in den hohen, weißen, kuppelförmigen, mit grünen Warzen verzierten Ofen, der Duft des Harzes der im Feuer krachenden Scheiter durchzog fein und wohlig die alte Holztäfelung des Raumes … während sich schon der Duft der Leberknödelsuppe hereinschlängelte.

Stühle wurden gerückt, der Wirt rieb sich die Hände, unzählige Mäntel wurden abgelegt, der Kutscher spannte draußen die Pferde aus. Sie kamen in den Stall zu den Sankt Johanner Kollegen, er in die Küche, wo er wohl den Mägden in die Schenkel zwickte und darüber hinaus vereinbarungsgemäß verköstigt wurde.

Auf das Andante folgte nun das metallische Adagio der Messer und Gabeln über den Schnitzeln und Koteletten, über dem wacholderduftenden Kraut, über den knusprigen Kartoffeln, über den faustgroßen Knödeln,

mit brauner Butter übergossen, aus denen die roten Speck-
bröcklein lugten, über der Leber in Rahmsauce für meine Großmutter (ihr Leibgericht) und über die gedüns-
tete Zunge und den aufgeplatzten, leicht angerösteten
Bratwürsten für meinen Großvater, und wurden hie und
da unterbrochen durch das Klingen der kleinen, bauchi-
gen Weingläser, aus denen die Herren der Partie Roten,
die Damen und dazu ich Glühwein tranken: Rotwein, mit
Nelken, etwas Zucker und Zitronenschalen versetzt, sie-
dend in einem Kupferkessel an den Tisch gebracht und
hier angezündet, dass eine kaum sichtbare bläuliche Flamme hochaufzüngelte und der dann mit Messingkellen in
die Gläser geschöpft wurde.

Nicht nur die eisige, kristallene Kälte des Wintersonn-
tages mit seinem metertiefen Schnee, die Feindlichkei-
ten des Lebens überhaupt, die Zeit, das ganze Choas
draußen verwich vor der behaglichen, scheiterknistern-
den, bratenduftenden Genüsslichkeit des getäfelten Raumes.

Es kam dann noch Kaffee, kostbarer Bohnenkaffee (»von
bloß Kern«, wie ihn meine Großmutter zum Unterschied
vom Ersatzkaffee nannte), Streuselkuchen und meter-
lange, goldbraune, fettriefende Strauben [süßes Back-
werk] und für die Erwachsenen kleine Gläschen mit Obst-
schnaps, schwarzgebrannt ohne Zweifel, der so scharf
war, dass man überhaupt nichts schmeckte, bis nicht seine wohltätige Wirkung vom Magen aus ihre tausend
seligen Arme in alle Teile des Körpers reckte, was auch

ich merkte, als ich ein klein wenig am Gläschen der Großmutter nippte.

Der Wirt setzte sich, nachdem die Kompanie der Mägde die leeren Schüsseln und Teller abgeräumt hatte, ein
wenig zu uns, es wurde über allerhand gesprochen, was
mich nicht interessierte. Ich schaute derweil eine illus-
trierte Zeitung an, für die ich zeit meines Lebens hohes
Interesse hatte, und der Wirt hielt einen langen Pech-
span in die nachgerade höllische Glut des Ofens und
zündete damit seine Deckelpfeife und meinem Großvater und meinem Onkel eine Zigarre an, so dass bald dieser weltliche Weihrauch den entschwindenden Geruch
des Essens ersetzte.

Als es dämmerte – dort im tiefen Winter um drei Uhr –,
wurde dem Kutscher die Pferde wieder anzuspannen geheißen. Es wurde selbstverständlich nicht bezahlt, sondern mit irgendwelchen Tuchenten [mit Federn gefüllte
Bettdecken] und Leintüchern verrechnet. Dann kam der
Aufbruch.

Die nächtliche Luft schlug uns wie ein rauhes Tuch unter der gedrungenen Tür des Gasthauses entgegen. Frei-
willig verzichtete ich jetzt auf den Platz am Bock und
setzte mich zwischen meine Großeltern. Wieder zogen
die Pferde mit einem Ruck, der alles schüttelte, den Schlitten an. Der Wirt und die Wirtin verabschiedeten sich
laut und gestikulierend, wir winkten zurück.

Die Dämmerung, und bald die Nacht, verzauberte die
Landschaft vollends. Tiefblau zogen sich die langen Schat-

ten, die die schwarzen Fichten im vollen Mondlicht warfen, über die schweigend verschneiten Felder. Die Nacht wölbte sich mit den tausend funkelnden Sternen über die winterliche Einsamkeit der Straße. Von den Höfen blitzten die rötlichen Lichter der kleinen erleuchteten Fenster, die fast vom Schnee erstickt schienen. Der dampfende Atem der Pferde war nicht mehr zu sehen, das Klingeln der Schellen weckte hie und da die Krähen in den Fichten, die sich schreiend erhoben und hinter uns sich wieder in die Zweige setzten, die jedes Mal einen Berg ihrer Last an Schnee polternd entluden.

Die – obwohl verschneit – tiefschwarzen Berge hoben sich in einem Panorama von Silhouetten vom unendlich tiefschwarz-smaragdenen Himmel ab, und nichts, kein Hauch, kein Atem, nur die unendliche, eisige, glasharte und spröde Ruhe des mächtigen Winters schien um uns in dem jetzt eiligeren Schlitten – eingehüllt in Decken, satt und warm.

Als wir die Stadt erreichten, dämpften die ersten Häuser den Schritt der Pferde und das Klingeln der Schellen.

Daheim hatte Elsa das Feuer bewacht. Das ganze Haus war bald erleuchtet ... Kälte und Schlitten hatten wieder hungrig gemacht, und während der Tisch gedeckt wurde, hörte man draußen den Kutscher schnalzen, die Pferde ein letztes Mal anziehen und die Schellen der Geschirre, dieses liebliche Divertimento des Winters, wie er früher war, in die Nacht hinaus verklingen.

Alle waren zufrieden. Der Großvater rieb sich die Hände: »Kann die Welt nicht immer so friedlich sein? Muss der Hitler den Choas anzetteln?«

»Sei still«, sagte die Großmutter, »wenn dich die Wanitschek hört.«

*

Ein Winter-Märchen … und das märchenhafteste davon ist, dass es dennoch alltäglich war. Kann man das heute einem Kind anders erzählen, als erzählte man ein Märchen? Bin ich schon so alt, dass eine ganze Welt versunken ist, seit ich ein Kind war? So einen Winter gibt es nicht mehr.

ERNST PENZOLDT
Lufteis

Du tust es genauso, wie ich es tue. Kinder wie Erwachsene, alle tun es aus angeborener Lust. Sie müssen es
einfach tun. Ein altes krummes Mütterchen sah ich kürzlich durch den frühen Winter schlürfen, und siehe da:
Auch die Greisin konnte der Verlockung nicht widerstehen. Sie tat es mit Wonne. Niemand kann es sich verknei-
fen, seit die Welt besteht und durch den Frost auf den
Pfützen das weiße, mürbe Lufteis sich bildet, alle, ohne
Ausnahme, müssen darauf treten und es zerbrechen. Es
ist ein besonderer hohlklirrender Wohlklang dabei, der
unstreitig ein Gefühl der Befriedigung in uns auslöst. Es
geschieht ohne Gefahr, es ist billig und macht viel Spaß.

Aber der nachdenkliche Philosoph, ein Wanderer, schüttelt das Haupt ob solch kindischen Betragens. Es soll nicht
so ohne weiteres sein Bewenden dabei haben, dass alle
Sterblichen, sobald sie einer Pfütze mit dem hübschen
Lufteis ansichtig werden, das Gleiche tun. Denn sie tun,
so stellt der Weise in der Pelzmütze fast ein wenig är-
gerlich fest, sie tun es wirklich und wahrhaftig alle. Sogar ein Soldat auf Urlaub, als Artillerist von Berufs wegen doch ganz anderen Lärm gewohnt, auch er macht sich
das Vergnügen.

Kindisch, kindisch fürwahr, denkt der Weise. Der Mann
kann sich offenbar gar nicht genug tun. Er blickt sich un-

ternehmend nach weiteren Gelegenheiten um. Er hat im Vorbeigehen eine Pfütze übersehen, die noch heil ist, und kehrt ihretwegen zurück. Es muss eine Art Willenszwang vorliegen, keines der Fensterchen auszulassen. Alle müssen kaputt gemacht werden.

Darüber, nach welchen physikalischen Gesetzen der Hohlraum unter dem Eis entsteht und dass da doch so etwas wie ein kleines Wunder der Natur geschieht, scheint sich keiner der Mutwilligen irgendwelche Gedanken zu machen.

Nachdenken macht eben lange nicht so viel Spaß, als Lufteis zu zertreten. Das ist es.

Der Philosoph, mit der sich so mühelos darbietenden Versuchsreihe menschlicher Torheit beschäftigt, bekommt kalte Füße. Er muss sich etwas Bewegung machen. Er bemerkt, dass es an diesem schönen Frosttag, da es erst gestern noch gehörig geregnet hat, ganz besonders viel Lufteis gibt. Unter den Ergebnissen seiner also begünstigten Beobachtungen befindet sich ein Lehrer, ein Erzieher der Jugend also! Ferner ein drolliger Bub, der einem kleinen Schwesterchen, da er behänder ist, das frühe Glück der Zerstörung stets sozusagen vor der Nase wegnimmt, bis das arme betrogene Kind in herzzerreißendes Wehgeschrei ausbricht. Dann ein größerer Junge, der sich aber zu gleichem Zweck und mit Erfolg des Fahrrades bedient. Danach ein Liebespaar. Zu guter Letzt findet sich noch eine sorgenvolle Hausfrau ein, die, obgleich schwer bepackt, selbst einen kleinen Umweg nicht scheut, um zu ihrem klirrenden Vergnügen zu kommen. Ihr Gemüt ist danach sichtlich erleichtert.

Es muss etwas Ähnliches vorliegen wie beim Zerknallen von Tüten, sagt sich der Philosoph am Wege. Wenn's nur knallt und scheppert. Auch das Schießen auf Glühbirnen mit dem Luftgewehr gehört hierher. Vielleicht auch das Zerreißen von Briefen.

Es ist wohl eine sehr menschliche Eigenschaft, bemerkt der Philosoph. Dann aber, nachdem er sich scheu umgesehen, probiert er es auch. Und auch ihm, dem Weisen, macht es Spaß, an dem Lufteis sein Mütchen zu kühlen.

Kindisch, kindisch fürwahr, aber vergnüglich, und, so beschließt er seine winterliche Betrachtung, es ist doch immerhin kleiner Schmerz dabei, ein Klang, der der Natur irgendwo weh tut.

Bis tief in die Nacht schreibt er an einem Werk, das von der Liebe handelt. Es ist das Kapitel über die Grausamkeit und über die Verwundbarkeit des menschlichen Herzens.

SIEGFRIED LENZ
Eisfischen
oder
Was man mit Hechten erleben kann

Für Sebastian Schramm

Auch im Winter ist mit unserem See noch was los. Man muß nur warten, bis das Eis dick und blau geworden ist, und am liebsten läßt man überhaupt erst einen Schlitten mit Pferden darüberfahren, bevor man durch den braunen, knackenden Schilfgürtel geht. Wenn sich kein Schlitten mit Pferden sehen läßt, genügt es auch, die Luftblasen und Äste und Flaschen zu zählen, die in der Tiefe des Eises einfrieren, und wenn genug eingefroren ist, und man kommt nicht weiter mit Zählen, dann kann man gleich mit Anlauf raufglitschen.

Was am allerbesten ist? Am allerbesten ist, wenn die Eisfischer kommen auf ihren flachen kleinen Schlitten, die sie mit einer Stange vorwärts schieben. Die Eisfischer haben immer was zu rufen, ich weiß nicht, warum, und wir hörten die Rufe »Hooo-oh« oder »Hooo-ah«, noch bevor sie um die nackte Halbinsel bogen. Da tickten wir erst gar nicht mit den Absätzen ans Eis. Sobald die Eisfischer zu hören waren, flitzten wir gleich durch die Schneewehen am Ufer. Wir nahmen Anlauf. Und tsss, so glitten wir ihnen entgegen, und der Schwung war so groß, daß man noch auf dem Rücken weiterrutschte, wenn man hinplumpste auf der glatten, glatten Fläche.

Zuerst tranken die Eisfischer Kaffee, das war nun mal so. Sie saßen auf ihren flachen Schlitten in einem Kreis. Die Eisfischer hatten Schnauzbärte, daran hingen kleine Eiszapfen, und ihre Augenbrauen waren mit Rauhreif gepudert. Die sahen schon so aus wie der Januar, ganz gewiß. Ihren Kaffee tranken sie etwas zu langsam, sogar im Schneegestöber.

Dann rief einer »Hooo-oh«, und die anderen nahmen von einem Schlitten Äxte und Eisenstangen, die bekam das Eis jetzt zu spüren. Die Eisfischer hackten und pickten. Das splitterte nur so und brach und seufzte. Manche Splitter funkelten wie buntes Glas. Die Eisfischer hackten so lange, bis da ein großes Loch im Eis war, und dann stellten sie zuerst Stangen mit einem Strohwisch auf. Jetzt wußte jeder: Hier heißt es aufpassen. Das Loch war vielleicht viermal so groß wie ein Küchentisch, das genügte.

Wieder rief einer »Hooo-oh«; – ohne zu rufen, bekamen die wohl nichts fertig. Sie schleppten das glitzernde, steifgefrorene Netz zum Loch. Das Netz knisterte. Es sang. Es hörte sich an wie eine sehr dünne Stimme, die sang, als sie das steifgefrorene Netz zerrten und zogen. Dann drückten sie das Netz mit Stangen in das Loch und schoben die Stangen unter das Eis. Wir kannten das schon. Mit Hilfe der Stangen zogen die Eisfischer eine Leine unter dem Eis entlang. Die Leine lief in einem Bogen und öffnete das Netz, das sich ganz vollgesogen hatte und auf Grund lag. Die Eisfischer hackten noch viele kleine Löcher, um die Leine immer weiter zu ziehen, und neben jedem Loch stellten sie einen Strohwisch auf. Geld hatte sicher keiner von den Eisfischern in der Tasche. Aber eine Flasche, die hatte jeder. Und wenn sie nicht »Hooooh« riefen, dann mußten sie einen langen Schluck aus der Flasche nehmen. Wir versuchten erst gar nicht, die Schlucke zu zählen.

Auf zwei Schlitten waren braune Tonnen drauf; die konnten sich drehen. Und als die Eisfischer weit genug von dem großen Loch entfernt waren, holten sie die Leine herauf. Sie legten sie um die Tonne, und die Tonne drehte sich, und die Leine wurde straff und zitterte. Jetzt sang die Tonne. Zwei Eisfischer drehten sie. Die Leine fror gleich an der Luft zu einer weißen Schlange. Da liefen wir dem Netz entgegen, das unter dem Eis langsam und stetig wanderte mit seinen offenen Flügeln. Wir legten uns auf das dunkle, durchsichtige Eis. Unten wanderte das Netz in aller Stille über den Grund, mehr kann man nicht sagen.

Die Tonne hörte nicht auf mit ihrem quietschenden Gesang, und einige Eisfischer schlugen wieder ein großes Loch. Hier sollte das Netz herausgeholt werden. Wir standen neben dem Loch und beobachteten den braunen Grund. Ffft, ffft, so zuckten da die Fische durcheinander, sehr schlank oder spindelförmig. Immer mehr Fische wurden es, die flohen vor dem stetig wandernden Netz mit den offenen Flügeln. Die Eisfischer freuten sich über das Gewimmel, und einer rief »Hooo-oh«, danach schnaubte er in sein Taschentuch.

Aber jetzt wurde das Wasser unruhig. Es brauste. Es riffelte sich. Die Eisfischer kloppten sich die Hände warm, so heißt das. Das Wasser schäumte nur so von all den aufgeregten Fischen, und einige schnellten sich in die Luft. Nun waren die Flügel des Netzes zu sehen. Da steckten Schilfplötze drin mit rot leuchtenden Flossen. Die Eisfischer zogen die Flügel zusammen und hoben das Netz auf das Eis; dann schüttelten sie die Fische aus. Die Fische hopsten und sprangen auf dem Eis, viele Fische: dunkelgrüne Barsche, die ihre Stacheln aufrichteten, silberne Brassen, Schleie, Zander und fünf silbergrüne Hechte mit Mäulern wie Entenschnäbel. Die Fischer sortierten die Fische in Holzkästen. Die kleinen Fische schenkten sie uns.

Natürlich wollten wir am liebsten einen Hecht haben, denn das ist der beste Fisch in unserem See. Aber einen Hecht wollten die Fischer uns nicht schenken. Und einen aus der schuppenbedeckten Kiste nehmen, das konnten wir nicht, weil jeder Eisfischer die fünf Hechte gezählt hatte. Langsam gezählt.

Nun wußten wir aber schon, daß jeder Räuber seine Beute abgibt, wenn er ertappt wird; darüber wundert man sich nicht mehr. In unserem See ist der Hecht der schönste und stärkste Räuber. Wir sahen uns die fünf Hechte in der Kiste aufmerksam an. Die Eisfischer tranken wieder mal Kaffee. Ein Hecht war sehr dick und atmete auch angestrengt. Wir massierten seinen silbernen Bauch. Wir hoben ihn am Schwanz in die Höhe. Plötzlich spuckte er einen kleinen Hecht aus, den er kurz vorher verschluckt hatte. Den hatten die Eisfischer nicht gezählt, und als sie sahen, daß wir einen Hecht hatten, gingen sie gleich zur Kiste und zählten nach, einmal und noch einmal: Da waren immer noch fünf drin. Jetzt strichen sich die Eisfischer die kleinen Eiszapfen aus dem Schnurrbart und wunderten sich, und weil sie sich lange wundern können über etwas, wundern sie sich vielleicht auch heute noch.

Als sie mit ihren flachen Schlitten davonfuhren, riefen sie »Hooo-oh«. Da riefen auch wir »Hooo-ah«, und es klang wie »Hob Dank«.

HERMANN HESSE
Der Kavalier auf dem Eise

Damals sah mir die Welt noch anders aus. Ich war zwölf-
einhalb Jahre alt und noch mitten in der vielfarbigen, reichen Welt der Knabenfreuden und Knabenschwärme-
reien befangen. Nun dämmerte schüchtern und lüstern
zum ersten Male das weiche Ferneblau der gemilderten,
innigeren Jugendlichkeit in meine erstaunte Seele.

Es war ein langer, strenger Winter, und unser schö-
ner Schwarzwaldfluss lag wochenlang hart gefroren. Ich
kann das merkwürdige, gruselig-entzückte Gefühl nicht
vergessen, mit dem ich am ersten bitterkalten Morgen
den Fluss betrat, denn er war tief und das Eis war so klar,
dass man wie durch eine dünne Glasscheibe unter sich
das grüne Wasser, den Sandboden mit Steinen, die phan-
tastisch verschlungenen Wasserpflanzen und zuweilen
den dunklen Rücken eines Fisches sah.

Halbe Tage trieb ich mich mit meinen Kameraden auf
dem Eise herum, mit heißen Wangen und blauen Händen, das Herz von der starken rhythmischen Bewegung
des Schlittschuhlaufs energisch geschwellt, voll von der
wunderbaren gedankenlosen Genusskraft der Knaben-
zeit. Wir übten Wettlauf, Weitsprung, Hochsprung, Flie-
hen und Haschen, und diejenigen von uns, die noch die
altmodischen beinernen Schlittschuhe mit Bindfaden an
den Stiefeln befestigt trugen, waren nicht die schlechtes-

ten Läufer. Aber einer, ein Fabrikantensohn, besaß ein Paar »Halifax«, die waren ohne Schnur oder Riemen befestigt und man konnte sie in zwei Augenblicken anziehen und ablegen. Das Wort Halifax stand von da an jahrelang auf meinem Weihnachtswunschzettel, jedoch erfolglos; und als ich zwölf Jahre später einmal ein Paar recht feine und gute Schlittschuhe kaufen wollte und im Laden Halifax verlangte, da ging mir zu meinem Schmerz ein Ideal und ein Stück Kinderglauben verloren, als man mir lächelnd versicherte, Halifax sei ein veraltetes System und längst nicht mehr das Beste.

Am liebsten lief ich allein, oft bis zum Einbruch der Nacht. Ich sauste dahin, lernte im raschesten Schnelllauf an jedem beliebigen Punkte halten oder wenden, schwebte mit Fliegergenuss balancierend in schönen Bogen. Viele von meinen Kameraden benutzten die Zeit auf dem Eise, um den Mädchen nachzulaufen und zu hofieren. Für mich waren die Mädchen nicht vorhanden. Während andere ihnen Ritterdienste leisteten, sie sehnsüchtig und schüchtern umkreisten oder sie kühn und flott in Paaren führten, genoss ich allein die freie Lust des Gleitens. Für die »Mädelesführer« hatte ich nur Mitleid oder Spott. Denn aus den Konfessionen mancher Freunde glaubte ich zu wissen, wie zweifelhaft ihre galanten Genüsse im Grunde waren.

Da, schon gegen Ende des Winters, kam mir eines Tages die Schülerneuigkeit zu Ohren, der Nordkaffer habe neulich abermals die Emma Meier beim Schlittschuhausziehen geküsst. Die Nachricht trieb mir plötzlich das Blut zu Kopfe. Geküsst! Das war freilich schon was anderes als die faden Gespräche und scheuen Händedrücke, die sonst als höchste Wonnen des Mädleführens gepriesen wurden. Geküsst! Das war ein Ton aus einer fremden, verschlossenen, scheu geahnten Welt, das hatte den leckeren Duft der verbotenen Früchte, das hatte etwas Heimliches, Poetisches, Unnennbares, das gehörte in jenes dunkelsüße, schaurig lockende Gebiet, das von uns allen verschwiegen, aber ahnungsvoll gekannt und streifweise durch sagenhafte Liebesabenteuer ehemaliger, von der Schule verwiesener Mädchenhelden beleuchtet war. Der »Nordkaffer« war ein vierzehnjähriger, Gott weiß wie zu uns verschlagener Hamburger Schuljunge, den ich sehr verehrte und dessen fern der Schule blühender Ruhm mich oft nicht schlafen ließ. Und Emma Meier war unbestritten das hübscheste Schulmädchen von Gerbersau, blond, flink, stolz und so alt wie ich.

Von jenem Tage an wälzte ich Pläne und Sorgen in meinem Sinn. Ein Mädchen zu küssen, das übertraf doch alle meine bisherigen Ideale, sowohl an sich selbst, als weil es ohne Zweifel vom Schulgesetz verboten und verpönt war. Es wurde mir schnell klar, dass der solenne Minnedienst der Eisbahn hierzu die einzige gute Gelegenheit sei. Zunächst suchte ich denn mein Äußeres nach Vermögen hoffähiger zu machen. Ich wandte Zeit und Sorgfalt an meine Frisur, wachte peinlich über die Sauberkeit meiner Kleider, trug die Pelzmütze manierlich halb in der Stirn und erbettelte von meinen Schwestern ein rosenrot seidenes Foulard. Zugleich begann ich auf dem Eise die etwa in Frage kommenden Mädchen höflich zu grüßen und glaubte zu sehen, dass diese ungewohnte Huldigung zwar mit Erstaunen, aber nicht ohne Wohlgefallen bemerkt wurde.

Viel schwerer wurde mir die erste Anknüpfung, denn in meinem Leben hatte ich noch kein Mädchen »engagiert«. Ich suchte meine Freunde bei dieser ernsten Zeremonie zu belauschen. Manche machten nur einen Bückling und streckten die Hand aus, andere stotterten etwas Unverständliches hervor, weitaus die meisten aber bedienten sich der eleganten Phrase: »Hab' ich die Ehre?« Diese Formel imponierte mir sehr, und ich übte sie ein, indem ich zu Hause in meiner Kammer mich vor dem Ofen verneigte und die feierlichen Worte dazu sprach.

Der Tag des schweren ersten Schrittes war gekommen. Schon gestern hatte ich Werbegedanken gehabt, war aber mutlos heimgekehrt, ohne etwas gewagt zu haben. Heute hatte ich mir vorgenommen, unweigerlich zu tun, was ich so sehr fürchtete wie ersehnte. Mit Herzklopfen und todbeklommen wie ein Verbrecher ging ich zur Eisbahn, und ich glaube, meine Hände zitterten beim Anlegen der Schlittschuhe. Und dann stürzte ich mich in die Menge, in weitem Bogen ausholend, und bemüht, meinem Gesicht einen Rest der gewohnten Sicherheit und Selbstverständlichkeit zu bewahren. Zweimal durchlief ich die ganze lange Bahn im eiligsten Tempo, die scharfe Luft und die heftige Bewegung taten mir wohl.

Plötzlich, gerade unter der Brücke, rannte ich mit voller Wucht gegen jemanden an und taumelte bestürzt zur Seite. Auf dem Eise aber saß die schöne Emma, offenbar Schmerzen verbeißend, und sah mich vorwurfsvoll an. Vor meinen Blicken ging die Welt im Kreise.

»Helft mir doch auf!« sagte sie zu ihren Freundinnen. Da nahm ich, blutrot im ganzen Gesicht, meine Mütze ab, kniete neben ihr nieder und half ihr aufstehen.

Wir standen nun einander erschrocken und fassungslos gegenüber, und keines sagte ein Wort. Der Pelz, das Gesicht und Haar des schönen Mädchens betäubten mich durch ihre fremde Nähe. Ich besann mich ohne Erfolg auf eine Entschuldigung und hielt noch immer meine Mütze in der Faust. Und plötzlich, während mir die Augen wie verschleiert waren, machte ich mechanisch einen tiefen Bückling und stammelte: »Hab' ich die Ehre?«

Sie antwortete nichts, ergriff aber meine Hände mit ihren feinen Fingern, deren Wärme ich durch den Handschuh hindurch fühlte, und fuhr mit mir dahin. Mir war zumute wie in einem sonderbaren Traum. Ein Gefühl von Glück, Scham, Wärme, Lust und Verlegenheit raubte mir fast den Atem. Wohl eine Viertelstunde liefen wir zusammen. Dann machte sie an einem Halteplatz leise die kleinen Hände frei, sagte »Danke schön« und fuhr allein davon, während ich verspätet die Pelzkappe zog und noch lange an derselben Stelle stehen blieb. Erst später fiel mir ein, dass sie während der ganzen Zeit kein einziges Wort gesprochen hatte.

Das Eis schmolz, und ich konnte meinen Versuch nicht wiederholen. Es war mein erstes Liebesabenteuer. Aber es vergingen noch Jahre, ehe mein Traum sich erfüllte und mein Mund auf einem roten Mädchenmunde lag.

ÖDÖN VON HORVÁTH

Wintersportlegendchen

Wenn Schneeflocken fallen, binden sich selbst die heiligen Herren Skier unter die bloßen Sohlen. Also tat auch der heilige Franz.

Und dem war kein Hang zu steil, kein Hügel zu hoch, kein Holz zu dicht, kein Hindernis zu hinterlistig – er lief und sprang und bremste derart meisterhaft, dass er nie seinen Heiligenschein verbog.

So glitt er durch winterliche Wälder. Es war still ringsum und – eigentlich ist er noch keinem Menschen begegnet und auch keinem Reh. Nur eine verirrte Skispur erzählte einmal, sie habe ihn auf einer Lichtung stehen sehen, wo selbst er einer Gruppe Skihaserln predigte. Die saßen um ihn herum im tiefen Schnee, rot, grün, gelb, blau – und spitzten andächtig die Ohren, wie er so sprach von unbefleckten Trockenkursen im Kloster »zur guten Bindung«, von den alleinseligmachenden Stemmbögen, Umsprung-Ablässen und lauwarmen Telemarkeln. Und wie erschauerten die Skihaserln, da er losdonnerte wider gewisse undogmatische Unterrichtsmethoden.

PETER BICHSEL
Am Anfang war das Wort

Es wird einmal ein alter Mann sein, der im Jahre 2078, so stelle ich mir vor, den Zug besteigt, um endlich jene Reise zu machen, die schon seit 76 Jahren hätte sein sollen.

Er wird im Altersheim nicht zum Frühstück erscheinen, nicht zum Mittagessen, nicht zum Abendessen. Es wird im Heim eine Aufregung sein. Man wird seine Tischnachbarn fragen, ob sie etwas wüssten. Niemand weiß etwas.

»Doch«, sagt einer, »er sagte immer so Wörter – er sagte tagelang ›Samarkand‹ und ›Salamanca‹ und ›Salerno‹, er sagte ›Santa Cruz‹ und er sagte ›Alexandria‹ –, aber er sagte nur die Wörter, sonst nichts, nur die Wörter – oft den ganzen Tag ›Salamanca‹, wie wenn es eine alte Geliebte wäre.«

Ich sitze kurz vor Weihnachten – 76 Jahre vorher – in der Eisenbahn, kurz vor Zürich kommt die Durchsage: »Nächster Halt Zürich – der Zug fährt weiter nach Zürich-Flughafen, Winterthur, Gossau, Sankt Gallen.« Mir fällt auf, dass die Sprecherin das »O« in »Gossau« übermäßig dehnt, auf der Zunge schmelzen lässt, und nun gleich die Stimme eines Kindes ein paar Sitze vor mir. Es wiederholt: »Goossau, Gooossau«, und dann: »Hast du gehört, Mama, Goossau hat sie gesagt, Goossau.« Die

Mutter reagiert eher unwirsch, sie hat wohl schon Ähnliches erlebt mit anderen schönen Wörtern, aber der Kleine insistiert: »Doch, Gossau hat sie gesagt«, und nach einer Pause, in der nicht nur ihm, sondern auch mir und sicher auch seiner Mutter das Wort im Kopf herumhämmerte: »Mami, wir gehen nach Gossau.« »Nein, wir gehen nach Winterthur«, sagt sie, »das weißt du ganz genau, wir gehen immer nach Winterthur.« »Sie hat aber Gossau gesagt, wir gehen nach Gossau«, sagt der Kleine. Nein, er sagt nicht: »Ich will nach Gossau.« Er bittet und bettelt nicht, er wünscht nicht, er tobt nicht, er stellt nur gelassen fest, dass wir nach Gossau gehen. Bereits überlege ich mir, ob ich meinen Termin in Zürich fahrenlassen und nach Gossau gehen soll. Der Kleine hat das Wort zum Klingen gebracht. Gossau ist jetzt nicht mehr einfach die Bezeichnung eines Orts, der ihm und mir fremd ist, das Wort hat jetzt Klang – Klang wie der hässliche Name einer schönen Frau, die man liebt.

»Gossau ist viel zu weit weg, das ist fast in Sankt Gallen«, sagt jetzt die Mutter. »Das macht nichts, ich habe dem Vater gesagt, wir werden lange reisen.«

Zürich – ich steige aus.

Ich nehme an, dass die beiden in Winterthur ausgestiegen sind. Und ich nehme an, dass dies der Kleine ohne Murren akzeptiert hat, dass er still neben seiner Mutter hergetrottet ist und still in sich hinein »Gossau« gesagt hat – mehrmals und immer wieder.

Als Kind beschloss ich, einmal nach Eisenach zu gehen.

Das Wort setzte sich in meinem Kopf fest – Eisenach. In einem der wenigen Bücher, die wir zu Hause hatten, im »Großen Lutherbuch«, war ein alter Stich von Eisenach, nächtlich dunkel mit einem erleuchteten Fenster wie auf einem Adventskalender. Aber viel mehr als dieses Bild hatte es mir der Klang des Wortes angetan, und der Wunsch, nach dort zu gehen, setzte sich für immer fest, umso mehr, als es dann nach dem Krieg zu umständlich geworden war zu gehen: Eisenach lag in der DDR. Das nahm mir die Last ab, den Wunsch zu verwirklichen. Aber inzwischen bin ich schon oft mit der Bahn an Eisenach vorbeigekommen. Ich habe das Bahnhofsschild nie verpasst, da steht es groß und schwarz auf weiß: »Eisenach«. Ich freue mich jedes Mal, wenn ich es sehe, wie wenn ich eigentlich nicht den Wunsch nach einer Stadt gehabt hätte, sondern nur nach einem Wort, einem Namen, der hier in Eisenach auf dem Bahnhof seine aktuelle Realität bekommt. Hier auf dem Bahnhof, wo die Stadt, die ich nie gesehen habe, beginnt – am Anfang war das Wort.

Aber zurück zu unserer Geschichte, zurück ins Jahr 2078: Der alte Mann also, der als Kind einmal kurz vor Weihnachten seine Mutter davon überzeugen wollte, dass sie zusammen viel weiter fahren werden als nur bis Winterthur, geht zum Bahnhof, kauft sich eine Fahrkarte und fährt, weil das in diesem Leben jetzt endlich noch sein muss, nach Gossau. Und wäre das eine Geschichte, dann würde er sich dort in die Bahnhofskneipe setzen, würde einen Zweier Roten bestellen und auch gleich bezahlen und würde vor diesem Roten einschlafen – für immer. Aber das ist keine Geschichte, sondern die Wirklichkeit, und in Wirklichkeit wird er in Gossau aussteigen und wird auf dem Bahnhofsschild den wunderschönen Namen »Gossau« weiß auf blau lesen, wird den Namen auch tonlos mit den Lippen nachbilden wie ein lesendes Kind, wird sich dann auf eine Bank setzen und auf den nächsten Zug warten und mit ihm zurückfahren ins Altersheim.

Weihnachtszauber

WALTER BENJAMIN
Ein Weihnachtsengel

Mit den Tannenbäumen begann es. Eines Morgens, als wir zur Schule gingen, hafteten an den Straßenecken die grünen Siegel, die die Stadt wie ein großes Weihnachtspaket an hundert Ecken und Kanten zu sichern schienen. Dann barst sie eines schönen Tages dennoch, und Spielzeug, Nüsse, Stroh und Baumschmuck quollen aus ihrem Innern: der Weihnachtsmarkt. Mit ihnen aber quoll noch etwas anderes hervor: die Armut. Wie nämlich Äpfel und Nüsse mit ein wenig Schaumgold neben dem Marzipan sich auf dem Weihnachtsteller zeigen durften, so auch die armen Leute mit Lametta und bunten Kerzen in den besseren Vierteln. Die Reichen aber schickten ihre Kinder vor, um denen der Armen wollene Schäfchen abzukaufen oder Almosen auszuteilen, die sie selbst vor Scham nicht über ihre Hände brachten. Inzwischen stand bereits auf der Veranda der Baum, den meine Mutter insgeheim gekauft und über die Hintertreppe in die Wohnung hatte bringen lassen. Und wunderbarer als alles, was das Kerzenlicht ihm gab, war, wie das nahe Fest in seine Zweige mit jedem Tage dichter sich verspann. In den Höfen begannen die Leierkasten die letzte Frist mit Chorälen zu dehnen. Endlich war sie dennoch verstrichen und einer jener Tage wieder da, an deren frühesten ich mich hier erinnere.

In meinem Zimmer wartete ich, bis es sechs werden wollte. Kein Fest des späteren Lebens kennt diese Stunde, die wie ein Pfeil im Herzen des Tages zittert. Es war schon dunkel; trotzdem entzündete ich nicht die Lampe, um den Blick nicht von den Fenstern überm Hof zu wenden, hinter denen nun die ersten Kerzen zu sehen waren. Es war von allen Augenblicken, die das Dasein des Weihnachtsbaumes hat, der bänglichste, in dem er Nadeln und Geäst dem Dunkel opfert, um nichts zu sein als nur ein unnahbares und doch nahes Sternbild im trüben Fenster einer Hinterwohnung. Doch wie ein solches Sternbild hin und wieder eins der verlassenen Fenster begnadete, indessen viele weiter dunkel blieben und andere noch trauriger im Gaslicht der früheren Abende verkümmerten, schien mir, dass diese weihnachtlichen Fenster die Einsamkeit, das Alter und das Darben – all das, wovon die armen Leute schwiegen – in sich fassten.

Dann fiel mir wieder die Bescherung ein, die meine Eltern eben rüsteten. Kaum aber hatte ich so schweren Herzens, wie nur die Nähe eines sichern Glücks es macht, mich von dem Fenster abgewandt, so spürte ich eine fremde Gegenwart im Raum. Es war nichts als ein Wind, so dass die Worte, die sich auf meinen Lippen bildeten, wie Falten waren, die ein träges Segel plötzlich vor einer frischen Brise wirft: »Alle Jahre wieder, kommt das Christuskind, auf die Erde nieder, wo wir Menschen sind« – mit diesen Worten hatte sich der Engel, der in ihnen begonnen hatte, sich zu bilden, auch verflüchtigt. Doch nicht mehr lange blieb ich im leeren Zimmer. Man rief mich in das gegenüberliegende, in dem der Baum nun in die Glorie eingegangen war, welche ihn mir entfremdete, bis er, des Untersatzes beraubt, im Schnee verschüttet oder im Regen glänzend, das Fest da endete, wo es ein Leierkasten begonnen hatte.

THOMAS BERNHARD
Von sieben Tannen und vom Schnee …

Eine märchenhafte Weihnachtsgeschichte

Jedes Jahr am Heiligen Abend machte ich den langen Weg hinüber nach St. Brigitten, um von einer weißhaarigen, gütigen Frau die drei Christkerzen für unseren Weihnachtstisch zu holen. »Die ist gegen das Feuer, die gegen die Not, und die für ein ewiges Leben«, sagte die Alte, wickelte alle drei in einen Leinenlappen und steckte sie in meinen kleinen Sack, den ich auf dem Rücken trug. Dann schenkte sie mir einige zuckerbestreute Sichelmonde und Sterne, lächelte und verschloss die Tür, während ich durch den tiefen Schnee nach Hause stapfte …

Das war genau sieben Jahre, nachdem mich die Welt übernommen hatte.

Eine gute Stunde hatte ich bis nach Henndorf zurückzulegen, das in einem weiten, bis an den See reichenden Tale lag, in dem es so kalt werden konnte, dass sogar die Eisblumen an den Fenstern erfroren. Nicht lange, nachdem die Sonne hinter den Hügeln verschwunden war, wanderte schon der Vollmond über die dunklen Fichten. Ab und zu tauchte im flachen Nebel ein Stubenlicht auf oder es schrie eine Krähe am Rand des zugefrorenen Teichs. Unter meinen festen Schritten knirschte der kristalle Schnee und im Mondlicht dampfte der Atem. Ich weitete die Brust und zählte die Sterne, die am Himmel aufleuchteten, aber schließlich waren es so viele, dass ich nicht mehr wusste, wo ich zu zählen begonnen hatte, und wo aufgehört. Auf der weißen Fläche, die sich unendlich an den Horizont dehnte, spiegelten sich Millionen irdischer Sonnen wider, und wurden so zu einem einzigen Licht, das die Welt überstrahlte.

Da mag ich wohl an den Himmel gedacht haben, und an alle, die ihn nicht glauben. Da mag ich sehr glücklich gewesen sein und zufrieden und hingehorcht haben an tausende Dinge, die in mir und um mich waren: die tiefe Nacht!

Und wenn ich zu den Wipfeln empor sah und noch weiter und weiter hinauf, dann wusste ich auch, dass das ewige Leben, von dem die Alte erzählte, die höchste Empfindung im Anblick des Seins ist …

Vor der kleinen Kapelle mit der bemalten Madonna blieb ich stehen. Und weil ich sie immer aufsuchte, wenn ich vorbei kam, schlug ich den Schnee von den Schuhen und stellte mich unter das tiefblaue Gewölbe. Ich faltete die Hände, aber ich betete nicht, denn wenn das Glück und die Offenbarung am nächsten sind, glaubt man nur und erfüllt. – Da standen drei Heilige hinter dem Eisengitter, der eine im goldenen, der andere im gelben und der dritte im braunen Mantel. Alle drei aus jahrhundertealtem Eschenholz. Ihre teils fröhlichen und ernsten Gesichter waren von der Sonne gebleicht. Je mehr ich sie aber betrachtete, umso größer wurden sie. Ihre Hände bewegten sich, ihre Augen leuchteten und dann war es auch, als redeten sie miteinander. Vielleicht öffnete sich auch das Gitter? Aber ein Chor von Hunderten von Engeln sang ... langsam ging ich ihnen nach, durch den eisigen Winter, immer tiefer ins Schweigen der Nacht.

Die drei Heiligen führten mich an die Ränder des Waldes, wo der frischgefallene Schnee so tief lag, dass nur die Wipfel der jungen Tannen herausschauten und wo es so ruhig war, dass man nur die Schritte hörte, die große, dunkle Löcher in die weiße Decke drückten. Manchmal bewegte sich einer der herabhängenden Äste, oder fiel Schnee von den Zweigen, als wäre ein Reh in die Lichtung getreten. Hie und da war es, als knisterte ein Stern. Vom Großen Bären fielen tausende Schuppen herab ...

»Komm«, sagte der eine Heilige, »wir gehen zu den sieben Tannen, die die Welt bedeuten.«

»Die Welt?« fragte ich.

»Ja, die ganze ...«, meinte der kleinste, von dem ich wusste, dass er Antonius hieß, und der dritte war schon weit voraus.

Meine Schritte machte ich immer leichter, und schließlich schwebte ich wie der Mond über das ganze große Waldstück.

»Da her!«, sagte Andreas, der ein wunderbares Gesicht hatte und tiefleuchtende Augen. Mich wunderte, dass es ihn nicht fror, denn an den Füßen hatte er noch immer die dünnen Sandalen. Aber sein Bart schien ihn wirklich zu wärmen ...

Mitten im Schnee, in der Nähe eines kleinen Hügels, standen sieben Tannen. Die erste war die größte, die siebente am allerkleinsten. Sie konnte den Schnee, der ihren Wipfel niederdrückte, kaum ertragen.

»Da sind sie …«, sagte einer von den dreien, »alle sieben. Sie leben sehr zurückgezogen, die Schönheit, die Wahrheit, die Reinheit, die Vernunft, der Glaube, die Hoffnung und …«

»… und die Liebe«, sagte der kleinste, dem es gar nicht recht war, dass der Mond seinen Kahlkopf beschien.

»Die ist am schlechtesten daran, sie kann nicht nachkommen«, sagten alle drei versonnen und schüttelten die Köpfe. Dann war es ganz still.

»Warum kann sie nicht nachkommen?« fragte ich nach einer Weile.

»Ja«, überlegten sie, »weil … weil sie so schwächlich ist …«

»Man müsste sie pflegen. Es gibt doch Menschen, die mit ihr umzugehen wissen«, meinte ich, recht verwundert.

»Niemand geht so weit heraus, um sich ihrer anzunehmen«, stellten die Heiligen fest. »Sie haben alle keine Zeit …«

»Keine Zeit?«

»Ja …«

»Ach«, sagte ich, »dann wird sie vielleicht verkümmern …«

Ich rüttelte sie von allen Seiten so fest, dass der ganze

Schnee von ihren schwachen Ästen fiel – und da war es mir auch, als atmete sie tief.

Die Wahrheit neigte sich vor. Die Hoffnung aber, die fast so klein war wie die Liebe, wurde in diesem Augenblick vom Mond erleuchtet, so dass man glauben hätte können, sie wäre aus lauter Gold.

Alles war so wunderschön.

Die drei Heiligen aber standen da, und wussten keinen Rat. Alle vier sanken wir immer tiefer in den Schnee, und der Älteste holte ab und zu einen Stern vom Himmel, ohne dass sie weniger geworden wären, um seine Hände zu wärmen. Und endlich rief ich ganz begeistert: »Dann will ich sie pflegen! Ich ...«

Eine schwere Hand war auf meine Schulter gefallen. – Der Vater stand hinter mir.

»Was treibst du so lange?« fragte er streng und sein Atem war warm und stieg wie Flaum in die Nachtluft. Nachdenklich ging ich mit ihm den schmalen Weg hinunter.

»Ist dir kalt?« fragte er.

»Nein ...«

»Und wen willst du pflegen?«

»Die Liebe, Vater ...die Hoffnung und die Liebe ...«, flüsterte ich, und war von allen der Glücklichste.

PETER ROSEGGER

Als ich Christtagsfreude holen ging

In meinem zwölften Lebensjahre wird es gewesen sein, als am Frühmorgen des heiligen Christabends mein Vater mich an der Schulter rüttelte: ich solle aufwachen und zur Besinnung kommen, er habe mir etwas zu sagen. Die Augen waren bald offen, aber die Besinnung! Als ich unter der Mithilfe der Mutter angezogen war und bei der Frühsuppe saß, verlor sich die Schlaftrunkenheit allmählich, und nun sprach mein Vater: »Peter, jetzt hör, was ich dir sage. Da nimm einen leeren Sack, denn du wirst was heimtragen. Da nimm meinen Stecken, denn es ist viel Schnee, und da nimm eine Laterne, denn der Pfad ist schlecht, und die Stege sind vereist. Du musst hinabgehen nach Langenwang. Den Holzhändler Spreitzegger zu Langenwang, den kennst du, der ist mir noch immer das Geld schuldig, zwei Gulden und sechsunddreißig Kreuzer für den Lärchenbaum. Ich lass ihn bitten drum; schön höflich anklopfen und den Hut abnehmen, wenn du in sein Zimmer trittst. Mit dem Geld gehst nachher zum Kaufmann Doppelreiter und kaufst zwei Maßel Semmelmehl und zwei Pfund Rindsschmalz und um zwei Groschen Salz, und das tragst heim.«

Jetzt war aber auch meine Mutter zugegen, ebenfalls schon angekleidet, während meine sechs jüngeren Geschwister noch ringsum an der Wand in ihren Bettchen schliefen. Die Mutter, die redete drein wie folgt: »Mit Mehl und Schmalz und Salz allein kann ich kein Christtagsessen richten. Ich brauch dazu noch Germ [Hefe] um einen Groschen, Weinbeerln um fünf Kreuzer, Zucker um fünf Groschen, Safran um zwei Groschen und Neugewürz um zwei Kreuzer. Etliche Semmeln werden auch müssen sein.«

»So kaufst es«, setzte der Vater ruhig bei. »Und wenn dir das Geld zu wenig wird, so bittest den Herrn Doppelreiter, er möcht die Sachen derweil borgen, und zu Ostern, wenn die Kohlenraitung [Verrechnung für Holzkohle] ist, wollt ich schon fleißig zahlen. Eine Semmel kannst unterwegs selber essen, weil du vor Abend nicht heimkommst. Und jetzt kannst gehen, es wird schon fünf Uhr, und dass du noch die Achter-Mess erlangst zu Langenwang.«

Das war alles gut und recht. Den Sack band mir mein Vater um die Mitte, den Stecken nahm ich in die rechte Hand, die Laterne mit der frischen Unschlittkerze in die linke, und so ging ich davon, wie ich zu jener Zeit in Wintertagen oft davongegangen war. Der durch wenige Fußgeher ausgetretene Pfad war holperig im tiefen Schnee, und es ist nicht immer leicht, nach den Fußstapfen unserer Vorderen zu wandeln, wenn diese zu lange Beine gehabt haben. Noch nicht dreihundert Schritt war ich gegangen, so lag ich im Schnee, und die Laterne, hingeschleudert, war ausgelöscht. Ich suchte mich langsam zusammen, und dann schaute ich die wunderschöne Nacht an. Anfangs war sie ganz grausam finster, allmählich hub der Schnee an, weiß zu werden und die Bäume schwarz, und in der Höhe war helles Sternengefunkel. In den Schnee fallen kann man auch ohne Laterne, so stellte ich sie seithin unter einen Strauch, und ohne Licht ging's nun besser als vorhin.

In die Talschlucht kam ich hinab, das Wasser des Fresenbaches war eingedeckt mit glattem Eis, auf welchem, als ich über den Steg ging, die Sterne des Himmels gleichsam Schlittschuh liefen. Später war ein Berg zu übersteigen; auf dem Pass, genannt der »Höllkogel«, stieß ich zur wegsamen Bezirksstraße, die durch Wald und Wald hinabführt in das Mürztal. In diesem lag ein weites Meer von Nebel, in welches ich sachte hineinkam, und die feuchte Luft fing an, einen Geruch zu haben, sie roch nach Steinkohlen; und die Luft fing an, fernen Lärm an mein Ohr zu tragen, denn im Tal hämmerten die Eisenwerke, rollte manchmal ein Eisenbahnzug über dröhnende Brücken.

Nach langer Wanderung ins Tal gekommen zur Landstraße, klingelte Schlittengeschelle, der Nebel ward grau und lichter, so dass ich die Fuhrwerke und Wandersleute, die für die Feiertage nach ihren Heimstätten reisten, schon auf kleine Strecken weit sehen konnte. Nachdem ich eine Stunde lang im Tal fortgegangen war, tauchte links an der Straße im Nebel ein dunkler Fleck auf, rechts auch einer, links mehrere, rechts eine ganze Reihe – das Dorf Langenwang.

Alles, was Zeit hatte, ging der Kirche zu, denn der Heilige Abend ist voller Vorahnung und Gottesweihe. Bevor noch die Messe anfing, schritt der hagere, gebückte Schulmeister durch die Kirche, musterte die Andächtigen, als ob er jemanden suche. Endlich trat er an mich heran und fragte leise, ob ich ihm nicht die Orgel »melken« wolle, es sei der Mesnerbub krank. Voll Stolz und Freude, also zum Dienste des Herrn gewürdigt zu sein, ging ich mit ihm auf den Chor, um bei der heiligen Messe den Blasebalg der Orgel zu ziehen. Während ich die zwei langen Lederriemen abwechselnd aus dem Kasten zog, in welchen jeder derselben allemal wieder langsam hineinkroch, orgelte der Schulmeister, und seine Tochter sang:

>*»Tauet, Himmel, den Gerechten,*
>*Wolken, regnet ihn herab!*
>*Also rief in bangen Nächten*
>*einst die Welt, ein weites Grab.*
>*In von Gott verhassten Gründen*
>*herrschten Satan, Tod und Sünden,*
>*fest verschlossen war das Tor*
>*zu dem Himmelreich empor.«*

Ferner erinnere ich mich, an jenem Morgen nach dem Gottesdienst in der dämmerigen Kirche vor ein Heiligenbild hingekniet zu sein und gebetet zu haben um Glück und Segen zur Erfüllung meiner bevorstehenden Aufgabe. Das Bild stellte die Vierzehn Nothelfer dar – einer wird doch dabei sein, der zur Eintreibung von Schulden behilflich ist. Es schien mir aber, als schiebe während meines Gebetes auf dem Bilde einer sich sachte hinter den andern zurück.

Trotzdem ging ich guten Mutes hinaus in den nebeligen Tag, wo alles emsig war in der Vorbereitung zum Fest, und ging dem Hause des Holzhändlers Spreitzegger zu. Als ich daran war, zur vorderen Tür hineinzugehen, wollte der alte Spreitzegger, soviel ich mir später reimte, durch die hintere Tür entwischen. Es wäre ihm gelungen, wenn mir nicht im Augenblick geschwant hätte: Peter, geh nicht zur vorderen Tür ins Haus wie ein Herr, sei demütig, geh zur hinteren Tür hinein, wie es dem Waldbauernbub geziemt. Und knapp an der hinteren Tür trafen wir uns.

»Ah, Bübel, du willst dich wärmen gehen«, sagte er mit geschmeidiger Stimme und deutete ins Haus, »na, geh dich nur wärmen. Ist kalt heut!« Und wollte davon.

»Mir ist nicht kalt«, antwortete ich, »aber mein Vater lässt den Spreitzegger schön grüßen und bitten ums Geld.«

»Ums Geld? Wieso?« fragte er. »Ja richtig, du bist der Waldbauernbub. Bist früh aufgestanden heut, wenn du schon den weiten Weg kommst. Rast nur ab. Und ich lass deinen Vater auch schön grüßen und glückliche Feiertage wünschen; ich komm ohnehin ehzeit einmal zu euch hinauf, nachher wollen wir schon gleich werden.«

Fast verschlug es mir die Rede, stand doch unser ganzes Weihnachtsmahl in Gefahr vor solchem Bescheid.

»Bitt wohl von Herzen schön ums Geld, muss Mehl kaufen und Schmalz und Salz, und ich darf nicht heimkommen mit leerem Sack.«

Er schaute mich starr an. »Du *kannst* es!« brummte er, zerrte mit zäher Gebärde seine große, rote Brieftasche hervor, zupfte in den Papieren, die wahrscheinlich nicht pure Banknoten waren, zog einen Gulden heraus und sagte: »Na, so nimm derweil das, in vierzehn Tagen wird dein Vater den Rest schon kriegen. Heut hab ich nicht mehr.«

Den Gulden schob er mir in die Hand, ging davon und ließ mich stehen.

Ich blieb aber nicht stehen, sondern ging zum Kaufmann Doppelreiter. Dort begehrte ich ruhig und gemessen, als ob nichts wäre, zwei Maßel Semmelmehl, zwei Pfund Rindsschmalz, um zwei Groschen Salz, um einen Groschen Germ, um fünf Kreuzer Weinbeerln, um fünf Groschen Zucker, um zwei Groschen Safran und um zwei Kreuzer Neugewürz. Der Herr Doppelreiter bediente mich selbst und machte mir alles hübsch zurecht in Päckchen und Tütchen, die er dann mit Spagat zusammen in ein einziges Paket band und so an den Mehlsack hängte, dass ich das Ding über der Achsel tragen konnte, vorn ein Bündel und hinten ein Bündel. Als das geschehen war, fragte ich mit einer nicht minder tückischen Ruhe als vorhin, was das alles zusammen ausmache.

»Das macht drei Gulden fünfzehn Kreuzer«, antwortete er mit Kreide und Mund.

»Ja, ist schon recht«, hierauf ich, »da ist derweil ein Gulden, und das andere wird mein Vater, der Waldbauer in Alpl, zu Ostern zahlen.«

Schaute mich der bedauernswerte Mann und fragte höchst ungleich [ungehalten]: »Zu Ostern? In welchem Jahr?«

»Na, nächste Ostern, wenn die Kohlenraitung ist.«

Nun mischte sich die Frau Doppelreiterin, die andere Kunden bediente, drein und sagte: »Lass ihm's nur, Mann, der Waldbauer hat schon öfters auf Borg genommen und nachher allemal ordentlich bezahlt. Lass ihm's nur.«

»Ich lass ihm's ja, werd ihm's nicht wieder wegnehmen«, antwortete der Doppelreiter. Das war doch ein bequemer Kaufmann! Jetzt fielen mir auch die Semmeln ein, welche meine Mutter noch bestellt hatte.

»Kann man da nicht auch fünf Semmeln haben?« fragte ich.

»Semmeln kriegt man beim Bäcker«, sagte der Kaufmann.

Das wusste ich nun gleichwohl, nur hatte ich mein Lebtag nichts davon gehört, dass man ein paar Semmeln auf Borg nimmt, daher vertraute ich der Kaufmännin, die sofort als Gönnerin zu betrachten war, meine vollständige Zahlungsunfähigkeit an. Sie gab mir zwei bare Groschen für Semmeln, und als sie nun noch beobachtete, wie meine Augen mit den reiffeuchten Wimpern fast unlösbar an den gedörrten Zwetschken hingen, die sie einer alten Frau in den Korb tat, reichte sie mir auch noch eine Handvoll dieser köstlichen Sache zu: »Unterwegs zum Naschen.«

Nicht lange hernach, und ich trabte, mit meinen Gütern reich und schwer bepackt, durch die breite Dorfgasse dahin. Überall in den Häusern wurde gemetzgert, gebacken, gebraten, gekellert; ich beneidete die Leute nicht; ich bedauerte sie vielmehr, dass sie nicht ich waren, der, mit so großem Segen beladen, gen Alpl zog. Das wird morgen ein Christtag werden! Denn die Mutter kann's, wenn sie die Sachen hat. Ein Schwein ist ja auch geschlachtet worden daheim, das gibt Fleischbrühe mit Semmelbrocken, Speckfleck, Würste, Nieren-Lümperln, Knödelfleisch mit Kren, dann erst die Krapfen, die Zuckernudeln, das Schmalzkoch mit Weinbeerln und Safran! – Die Herrenleut da in Langenwang haben so was alle Tag, das ist nichts, aber wir haben es im Jahr einmal und kommen mit unverdorbenem Magen dazu, *das* ist was! – Und doch dachte ich auf diesem belasteten Freudenmarsch weniger noch ans Essen als an das liebe Christkind und sein hochheiliges Fest. Am Abend, wenn ich nach Hause komme, werde ich aus der Bibel davon vorlesen, die Mutter und die Magd Mirzel werden Weihnachtslieder singen; dann, wenn es zehn Uhr wird, werden wir uns aufmachen nach Sankt Kathrein und in der Kirche die feierliche Christmette begehen bei Glock', Musik und unzähligen Lichtern. Und am Seitenaltar ist das Krippel aufgerichtet mit Ochs und Esel und den Hirten, und auf dem Berg die Stadt Bethlehem und darüber die Engel, singend: Ehre sei Gott in der Höhe! – Diese Gedanken trugen mich anfangs wie Flügel. Doch als ich eine Weile die schlittenglatte Landstraße dahingegangen war, unter den Füßen knirschenden Schnee, musste ich mein Doppelbündel schon einmal wechseln von einer Achsel auf die andere.

In der Nähe des Wirtshauses »Zum Sprengzaun« kam mir etwas Vierspänniges entgegen. Ein leichtes Schlittlein, mit vier feurigen, hoch aufgefederten Rappen bespannt, auf dem Bock ein Kutscher mit glänzenden Knöpfen und einem Buttenhut. Der Kaiser? Nein, der Herr Wachtler vom Schlosse Hohenwang saß im Schlitten, über und über in Pelze gehüllt und eine Zigarre schmauchend. Ich blieb stehen, schaute dem blitzschnell vorüberrutschenden Zeug eine Weile nach und dachte: Etwas krumm ist es doch eingerichtet auf dieser Welt: da sitzt ein starker Mann drin und lässt sich hinziehen mit so viel überschüssiger Kraft, und ich vermag mein Bündel kaum zu schleppen.

Mittlerweile war es Mittagszeit geworden. Durch den Nebel war die milchweiße Scheibe der Sonne zu sehen; sie war nicht hoch am Himmel hinaufgestiegen, denn um vier Uhr wollte sie ja wieder unten sein, zur langen Christnacht. Ich fühlte in den Beinen manchmal so ein heißes Prickeln, das bis in die Brust hinaufstieg, es zitterten mir die Glieder. Nicht weit von der Stelle, wo der Weg nach Alpl abzweigt, stand ein Kreuz mit dem lebensgroßen Bilde des Heilands. Es stand, wie es heute noch steht, an seinem Fuß Johannes und Magdalena, das Ganze mit einem Bretterverschlag verwahrt, so dass es wie eine Kapelle war. Vor dem Kreuz auf die Bank, die für kniende Beter bestimmt ist, setzte ich mich nieder, um Mittag zu halten. Eine Semmel, die gehörte mir, meine Neigung zu ihr war so groß, dass ich sie am liebsten in wenigen Bissen verschluckt hätte. Allein das schnelle Schlucken ist nicht gesund, das wusste ich von anderen Leuten, und das langsame Essen macht einen längeren Genuss, das wusste ich schon von mir selber. Also beschloss ich, die Semmel recht gemächlich und bedächtig zu genießen und dazwischen manchmal eine gedörrte Zwetschke zu naschen.

Es war eine sehr köstliche Mahlzeit; wenn ich heute etwas recht Gutes haben will, das kostet außerordentliche Anstrengungen aller Art; ach, wenn man nie und nie einen Mangel zu leiden hat, wie wird man da arm.

Und wie war ich so reich damals, als ich arm war!

Als ich nach der Mahlzeit mein Doppelbündel wieder auflud, war's ein Spaß mit ihm, flink ging es voran. Als ich später in die Bergwälder hinaufkam und der graue Nebel dicht in den schneebeschwerten Bäumen hing, dachte ich an den Grabler-Hansel. Das war ein Kohlenführer, der täglich von Alpl seine Fuhre ins Mürztal lieferte. Wenn er auch heute gefahren wäre! Und wenn er jetzt heimwärts mit dem leeren Schlitten des Weges käme und mir das Bündel auflüde! Und am Ende gar mich selber! Dass es so heiß sein kann im Winter! Mitten in Schnee und Eisschollen schwitzen! Doch morgen wird alle Mühsal vergessen sein. – Derlei Gedanken und Vorstellungen verkürzten mir unterwegs die Zeit.

Auf einmal roch ich starken Tabakrauch. Knapp hinter mir ging, ganz leise auftretend, der grüne Kilian. Der Kilian war früher einige Zeit lang Forstgehilfe in den gewerkschaftlichen Wäldern gewesen, jetzt war er's nicht mehr, wohnte mit seiner Familie in einer Hütte drüben in der Fischbacher Gegend, man wusste nicht recht, was er trieb. Nun ging er nach Hause. Er hatte einen Korb auf dem Rücken, an dem er nicht schwer zu tragen schien, sein Gewand war noch ein jägermäßiges, aber hübsch abgetragen, und sein schwarzer Vollbart ließ nicht viel sehen von seinem etwas fahlen Gesicht. Als ich ihn bemerkt hatte, nahm er die Pfeife aus dem Mund, lachte laut und sagte: »Wo schiebst denn hin, Bub?«

»Heimzu«, meine Antwort.

»Was schleppst denn?«

»Sachen für den Christtag.«

»Gute Sachen? Der Tausend sapperment! Wem gehörst denn zu?«

»Dem Waldbauer.«

»Zum Waldbauer willst gar hinauf? Da musst gut antauchen [dich abrackern].«

»Tu's schon«, sagte ich und tauchte an.

»Nach einem solchen Marsch wirst gut schlafen bei der Nacht«, versetzte der Kilian, mit mir gleichen Schritt haltend.

»Heut wird nicht geschlafen bei der Nacht, heut ist Christnacht.«

»Was willst denn sonst tun, als schlafen bei der Nacht?«

»Nach Kathrein in die Metten gehen.«

»Nach Kathrein?« fragte er, »den weiten Weg?«

»Um zehn Uhr abends gehen wir vom Haus fort, und um drei Uhr früh sind wir wieder daheim.«

Der Kilian biss in sein Pfeifenrohr und sagte: »Na, hörst du, da gehört viel Christentum dazu. Beim Tag ins Mürztal und bei der Nacht in die Metten nach Kathrein! So viel Christentum hab ich nicht, aber das sage ich dir doch: Wenn du dein Bündel in meinen Buckelkorb tun willst, dass ich es dir eine Zeitlang trage und du dich ausrasten kannst, so hast ganz recht, warum soll der alte Esel nicht auch einmal tragen!«

Damit war ich einverstanden, und während mein Bündel in seinen Korb sank, dachte ich: Der grüne Kilian ist halt doch ein besserer Mensch, als man sagt.

Dann rückten wir wieder an, ich huschte frei und leicht neben ihm her.

»Ja, ja, die Weihnachten!« sagte der Kilian fauchend, »da geht's halt drunter und drüber. Da reden sich die Leut in eine Aufregung und Frömmigkeit hinein, die gar nicht wahr ist. Im Grund ist der Christtag wie jeder andere Tag, nicht einen Knopf anders. Der Reiche, ja, der hat jeden Tag Christtag, unsereiner hat jeden Tag Karfreitag.«

»Der Karfreitag ist auch schön«, war meine Meinung.

»Ja, wer genug Fisch und Butter und Eier und Kuchen und Krapfen hat zum Fasten!« lachte der Kilian.

Mir kam sein Reden etwas heidentümlich vor. Doch was er noch weiteres sagte, das verstand ich nicht mehr, denn er hatte angefangen, sehr heftig zu gehen, und ich konnte nicht recht nachkommen. Ich rutschte auf dem glitschigen Schnee mit jedem Schritt ein Stück zurück, der Kilian hatte Fußeisen angeschnallt, hatte lange Beine, war nicht abgemattet – da ging's freilich voran.

»Herr Kilian!« rief ich.

Er hörte es nicht. Der Abstand zwischen uns wurde immer größer, bei Wegbiegungen entschwand er mir manchmal ganz aus den Augen, um nachher wieder in größerer Entfernung, halb schon von Nebeldämmerung verhüllt, aufzutauchen. Jetzt wurde mir bang um mein Bündel. Kamen wir ja doch schon dem Höllkogel nahe. Das ist jene Stelle, wo der Weg nach Alpl und der Weg nach Fischbach sich gabeln. Ich hub an zu laufen; im Angesichte der Gefahr war alle Müdigkeit dahin, ich lief wie ein Hündlein und kam ihm näher. Was wollte ich aber anfangen, wenn ich ihn eingeholt hätte, wenn ihm der Wille fehlte, die Sachen herzugeben, und mir die Kraft, sie zu nehmen? Das kann ein schönes Ende werden mit diesem Tag, denn die Sachen lasse ich nicht im Stich, und sollte ich ihm nachlaufen müssen bis hinter den Fischbacher Wald zu seiner Hütte!

Als wir denn beide so merkwürdig schnell vorwärtskamen, holten wir ein Schlittengespann ein, das vor uns mit zwei grauen Ochsen und einem schwarzen Kohlenführer langsam des Weges schliff. Der Grabler-Hansel! Mein grüner Kilian wollte schon an dem Gespann vorüberhuschen, da schrie ich von hinten her aus Leibeskräften: »Hansel! Hansel! Sei so gut, leg mir meine Christtagsachen auf den Schlitten, der Kilian hat sie im Korb, und er soll sie dir geben!«

Mein Geschrei muss wohl sehr angstvoll gewesen sein, denn der Hansel sprang sofort von seinem Schlitten und nahm eine tatbereite Haltung ein. Und wie der Kilian merkte, ich hätte hier einen Bundesgenossen, riss er sich den Korb vom Rücken und schleuderte das Bündel auf den Schlitten. Er knirschte noch etwas von »dummen Bären« und »Undankbarkeit«, dann war er auch schon davon.

Der Hansel rückte das Bündel zurecht und fragte, ob man sich draufsetzen dürfe. Das, bat ich, nicht zu tun.

So tat er's auch nicht, wir setzten uns hübsch nebeneinander auf den Schlitten, und ich hielt auf dem Schoß sorgfältig mit beiden Händen die Sachen für den Christtag. So kamen wir endlich nach Alpl. Als wir zur ersten Fresenbrücke gekommen waren, sagte der Hansel zu den Ochsen: »Oha!« und zu mir: »So!« Die Ochsen verstanden und blieben stehen, ich verstand nicht und blieb sitzen.

Aber nicht mehr lange, es war ja zum Aussteigen, denn der Hansel musste links in den Graben hinein und ich rechts den Berg hinauf.

»Dank dir's Gott, Hansel!«

»Ist schon gut, Peterl.«

Zur Zeit, da ich mit meiner Last den steilen Berg hin anstieg gegen mein Vaterhaus, begann es zu dämmern und zu schneien. Und zuletzt war ich doch daheim.

»Hast alles?« fragte die Mutter am Kochherd mir entgegen.

»Alles!«

»Brav bist. Und hungrig wirst sein.«

Beides ließ ich gelten. Sogleich zog die Mutter mir die klingend hart gefrorenen Schuhe von den Füßen, denn ich wollte, dass sie frisch eingefettet würden für den nächtlichen Mettengang. Dann setzte ich mich in der warmen Stube zum Essen.

Aber siehe, während des Essens geht es zu Ende mit meiner Erinnerung. – Als ich wieder zu mir kam, lag ich wohlausgeschlafen in meinem warmen Bett, und zum kleinen Fenster herein schien die Morgensonne des Christtages.

MARIELUISE FLEISSER
Als wir noch auf das Christkind warteten

Heute beim Stadttheater bin ich dem Christkind begegnet, sagte die gute Mutter in jenen Tagen, wo das Licht im Zimmer um vier Uhr angezündet werden musste. Mama, wie sieht es denn aus? Die Mutter sagte, die Erwachsenen wissen, wie das Christkind aussieht, aber sie dürfen nicht darüber reden. Ich steckte meinen Kopf hinter den Fenstervorhang und hatte Herzweh, weil die Zeit so langsam verging. Dann trieb mich die Erwartung wieder heraus. Mama, hast du es denn nicht wenigstens kommen sehen? Man sieht das Christkind nicht kommen, sagte die Mutter fromm. Auf einmal steht es in den dunklen Straßen mit seinen bloßen Füßen, die den Boden nicht berühren. Wenn du einmal groß bist, wirst du es auch sehen. Ich dachte, wenn ich doch groß wäre.

Ich hatte meine bestimmten Vorstellungen von den Unsichtbaren, die ich an niemand verriet. Der liebe Gott war gelb wie eine Sonnenblume und ging mit einer Gießkanne spazieren, und das Christkind war kein Kind – ein Kind war ich selbst – eher war es eine engelhafte feine Dame mit einem weißen Gesicht und einem weißen Gewand, das bis auf den Boden ging. Ja, da das Gaslicht das Weißeste war, was ich kannte, war es für mich so weiß wie ein Gaslicht. Das Christkind blendet so, dass es seine eigenen Augen nicht aufmachen kann, dachte ich.

Glaubst du an das Christkind? fragten wir einander in der Klasse. Es war die Frage, die die Böcke von den Schafen schied. Ich war lange bei denen, die den Glauben nicht hergeben wollten. Ich weiß noch, wie ich aus der kleinen Naturgeschichte alle zwölf Absätze »besondere Merkmale« von den einzelnen Klassen der Säugetiere zusammenfassend lernte, damit die Zeit bis zum Heiligen Abend schneller verging. Ich war also damals in der vierten Vorklasse. Die Lehrerin war ganz gerührt, als ich ihr am anderen Morgen mein Wissen vortrug, und prophezeite mir, dass ich diese Übersicht über die Säugetiere mein Leben lang nicht vergessen würde. Ich schämte mich, weil hier meine Unruhe mit besonderem Fleiß verwechselt wurde.

Endlich kam die Zeit, wo ich bei den unmittelbaren Weihnachtsvorbereitungen mithelfen durfte. Dabei stiegen mir keine Zweifel auf. Das Christkind kann nicht alles allein machen, sagte die Mutter, denke nur an die vielen Familien. Ich war selig, dass meine Schwestern nichts merken durften, und trieb sie an zum frühzeitigen Schlafengehen. Im Bett musste ich furchtbar Schlaf haben und auf das eifrige Gewisper keine Antwort geben, bis die Köpfe nachdenklich und eingesponnen in den Kissen lagen. Wenn ich dann tief und gleichmäßig atmete, kam früher als sonst wie eine Suggestion der Schlaf in die Stube, und mein Herz fing zu zittern an. Ich legte mich sacht aus dem Bett auf den Boden und kroch unter dem Bett meiner jüngeren Schwester durch langsam zur Tür, die ich vorher nur angelehnt hatte. Ich erschrak über das kleine letzte Einschnappen der Klinke. Unten im Wohnzimmer saß schon meine Mutter über einem Korb Äpfel und einem Netz Nüsse. Meine Mutter hatte am Abend meistens Kopfweh und eine himmlische Geduld. Ich durfte mit einem Tuch die Äpfel klarreiben, bis sie rote Bäcklein zeigten. Jetzt sind sie so schön wie die Äpfel aus Seife, sagte ich in meinem Glück. Dann steckte ich die gedrehten, unten platten Christbaumdrähte in die Nüsse an ihrer einzigen verwundbaren Stelle, am Stielansatz, wo das schwarze Blattkeimchen besonders nach Nuss roch. Manchmal waren die Nüsse an dieser Stelle hohl, und ich schob immer mehr Draht nach, bis er sich innen sperrte und festsaß. An diesem Draht wurde die Nuss in einem flachen Schüsselchen Bier herumgewirbelt. Vorsichtig wie einen Schmetterlingsflügel legte ich ein Blättchen Rauschgold in die Hand, drehte die angefeuchtete Nuss in das Blatt ein und tupfte die Fetzen mit Watte fest. Die fertigen Nüsse hängten wir die Wände einer Pappschachtel entlang, so dass sie sich nicht aneinander rieben.

Am Heiligen Abend gab es das Christkind zweimal, um sechs Uhr das »kleine« Christkind bei meiner Großmutter und um sieben Uhr das eigentliche und »große« in meinem Elternhaus. Wir sind nie in einer sogenannten guten Stube beschert worden, wie ich das bei Freundinnen häufig sah, in Zimmern, die immer kalt sind. Nein, der Tannenduft gehörte an Weihnachten zu unserem Wohnzimmer wie die Bratäpfel in der Röhre nach dem Schlittschuhlaufen.

Meine Mutter entfernte »die kleine Ware«, wie sie uns nannte, schon am frühen Morgen, damit das Zimmer gestöbert wurde. Den ganzen Tag hielten wir uns in der Großen Rosengasse bei meiner Großmutter auf. Nie wieder sind Tage so lang. Ich sah diese Stube später von Fremden bewohnt, da war es nicht mehr diese Stube, die lebte, weil ein ganzes Leben in ihr verbracht wurde. Die Großmutterstube nannten wir sie. Ständig hing es wie ein leiser warmer Ton zwischen den schattigen stillen Wanden. Irgendwo blinkte eine Goldleiste, und die alte Uhr tickte ruckweise dazwischen. Das geschweifte schwarze Lederkanapee in der Ecke glänzte friedlich mit den weißen Porzellanknöpfen trotz der beiden Ritterinnen, die in steifem Rahmen über ihm hingen, barbarisch süßlichen Damen mit engen Taillen, die eine trug einen wallenden himmelblauen, die andere einen blutrünstigen Federbusch auf dem Hut. Ich studierte diese aufregenden Damen aus allen Entfernungen, während ich meinen Schemel aus einem Winkel der Stube in den anderen rückte. Zwischenhinein ging ich auf die Gasse und blickte zum Himmel auf, was der Mond machte. Noch stand er oben wie ein weißer Schemen, ohne zu leuchten.

Kinder warten vier Wochen lang auf den Heiligen Abend; am Tag selbst ist ihnen das Warten zu einer Manie geworden. Ich mochte nicht zeichnen, nicht bauen, nicht schreiben, nicht mit der Schere schneiden, nicht die Raubmorde aus den Zeitungen lesen – Raubmorde sind das erste, was Kinder an den Zeitungen interessiert –, ich konnte nichts essen außer zwei Mandarinen, die das Christkind über dem Haus abgeworfen hatte. Das Christkind ließ mir sagen, es werde nicht kommen, wenn ich nicht endlich Ruhe gebe; so nahe war es, ohne dass ich es fliegen sah! Ich lief an das kleine seitliche Fenster, durch das man bei dieser Bauart den Hausgang überblicken konnte; ungeduldig zupfte ich an dem weißen gefältelten Vorhang, der steif wie Oblaten war. Ich fuhr mit dem Finger die Einlegearbeiten der Biedermeierkommode entlang, klopfte an das lange schwarze Barometer. Ich stand vor der alten Uhr mit den Säulen aus Alabaster und den Spiegelwänden, in die ich hineinblickte wie in einen kleinen Spiegelsaal, als ob ein gutes Geistchen heraustreten müsste. Ich stieg sogar unters Dach hinauf, wo in einer Kammer ein junger Schreiner Feierabend machte. Er begoss seine bloßen Arme und Hände mit Spiritus, zündete ihn an und rieb und wusch sich mit den blauen Flammen. In acht Tagen habe ich Hände so fein wie ein Schreiber, prophezeite er. Als es unten in der Stube schummerig wurde, kuschelte ich mich mit aufgezogenen Füßen in den großen runden Stuhl. Ein Auge ließ ich offen und sah damit nach dem Feuer, das hinter den Spalten des alten Ofentürchens auf und nieder glitt. Ich behauptete nachher, ich habe mit einem offenen Auge geschlafen wie die Hasen. Aber das Christkind war doch dicht neben dir, als es den Baum aufstellte, sagten mir die Großen. Ja, davon hatte ich nichts gesehen. Ich wachte erst auf, als meine Geschwister mit hoher Stimme sangen und die Kerzen brannten.

Der Christbaum der Großmutter war für mich der Christbaum zum Angewöhnen, das Bäumchen mit den dünnen, schief aufgesteckten Kerzen, das nicht ganz bis zur Decke reichte. Und es war gut so, sonst wäre es nachher nicht so schön geworden. Nach frommem Brauch zog die Großmutter die Vorhänge an den Fenstern auf, damit die, die in den Straßen herumliefen und keinen Baum bekamen, an dem Kerzenglanz teilnehmen konnten. Wie in einem Schaukasten standen wir alle da und sangen. Bei der ersten und zweiten Strophe schauten wir unentwegt in die zitternden Lichte, bei der dritten schielten wir nach dem Gabentisch. Ich begriff lange nicht, warum wir der Großmutter die Hand geben und danke schön sagen mussten, wenn das Christkind doch alles gebracht hatte. Dann holte uns das Mädchen ab, das Schneeflocken im Stirnhaar trug. Wir stapften durch den krachenden Schnee der Straßen, den neuen Schulranzen, der noch ganz leicht war, auf dem Rücken, und steckten den Kopf tief in den Nacken. Heute können wir es noch fliegen sehen, sagten wir, morgen nicht mehr. Das Mädchen sagte, das Christkind fliegt doch hinter den Dächern. Aber wir ließen uns das Suchen nicht nehmen. Vielleicht, dachten wir glücklich, vielleicht – – –.

Im Badezimmer wechselten wir die Schuhe; die Mutter kam mit einem heißen Gesicht und reiner Haut. Sie trug einen Faden Silberfall hinten am Rock, den sie damit erklärte, dass das Christkind über sie hinweggeflogen war. Es ist jetzt drinnen, sagte sie, seid nur alle artig. Es war so leicht, artig zu sein in dieser Minute, wo die Herzen klopften. Ein unsäglich feines Glöckchen läutete. Wie ein Rudel stürmten wir über den Gang nach der Tür, die sperrangelweit in rötlichen Glanz führte. Die Mutter machte schnell das offenstehende Fenster hinter dem Christbaum zu. Soeben ist das Christkind um die Ecke geflogen, sagte sie. Das silberne Glöckchen zitterte noch. Es hing in jedem Jahr an derselben Stelle. Überhaupt hingen die gleichen Sachen an den gleichen Zweigen wie immer; meine Mutter überlegte es sich jedes Jahr aufs Neue und kam glücklich zu demselben Ergebnis; und doch war der Baum in jedem Jahr ein Wunder. Ich hatte später Gelegenheit, ihr zuzusehen; der Baum war mit Liebe aufgehängt, das war es, was ihn so lebendig machte. Die Äpfel mehr nach unten, sagte sie, damit sie die dickeren Zweige waagerecht ziehen, ich habe sonst nichts zum Beschweren. Die Schokoladenringe nach oben, damit mir die Kinder nicht stehlen lernen. Die Nüsse kommen an die Zweigspitzen, immer eine silberne und eine goldene abwechselnd. Die Eiszapfen an die dünnen Zweige der Spitze, unten werden sie mir nur zerbrochen. Den weißen Hirsch (aus Milchglas geblasen) nehmen wir wieder vorne in die Mitte, da macht er sich immer gut, nur nicht zu hoch, damit die Kinder ihn richtig springen sehen. So, nun werden die Lücken mit Silberfall verbunden. Zum Schluss stieg sie auf einen Stuhl, um eine riesenlange Perlenkette um den Baum zu wickeln. Jedes Jahr fand mein Vater die Kette barbarisch. Ein grüner Baum wird doch nicht geschnürt, sagte er, und überhaupt sind mir Bäume im natürlichen Grün am liebsten. Aber Mann, sagte sie, der Baum kommt doch aus dem Himmel, es muss etwas sein, was Menschen sich nicht ausdenken können. Am Heiligen Abend hatten die Kinder recht. Die Mutter wusste, was den Kindern gefiel und dass wir als erstes nach der Kette sahen. Sie fühlte sich reich, wenn unsere ersten aufsteigenden Zweifel am Christkind durch den Glanz wieder besiegt waren. Dieses Jahr konnte ich ihnen den Glauben noch retten, sagte sie dann. Wir gingen in die Schule und sagten, so was können doch Eltern nicht machen.

Der Vater trug bei der Bescherung eine vorsichtige Starrheit in den Zügen, als ob er sich nicht gerne versprechen möchte; die Mutter war es, von der die Wärme und das Wunder strömten, die mit den Engeln auf du und du stand; niemand konnte Stille Nacht singen wie sie mit zarter, etwas zerscherbter Stimme, in der Glaube, Liebe und Hoffnung zitterten. Die gute Mutter, sie sparte ein Jahr lang dafür, es war ihr Fest, und als Mutter nicht mehr lebte, war es kein Weihnachten mehr.

HANS FALLADA
Bei uns war es am allerschönsten

Überall, wo Kinder sind, ist das Weihnachtsfest schön, ich finde natürlich, zu Haus bei uns war es am allerschönsten! Das Hauptverdienst daran trägt sicher der Vater, er hatte eine so liebenswürdig geheimnisvolle Art, unsere Erwartung zu steigern, uns ein bisschen zu foppen und zu necken.

In Berlin halten die Weihnachtsbäume zeitig ihren Einzug auf Straßen und Plätzen. Dann fangen wir Kinder an, Vater zu drängen, dass er auch einen Baum besorgt. Zuerst verschanzt sich Vater dahinter, dass das überhaupt nicht seine Sache sei, sondern die des Weihnachtsmanns. Natürlich kommt er damit bei uns nicht mehr durch, selbst Ede glaubt nicht mehr an diese Figur, seit beim letzten Fest Herrn Markuleits, unseres Portiers, Schuhe unter Vaters umgedrehtem Gehpelz erkannt wurden. Nein, Vater soll machen und einen Baum kaufen. Auf dem Winterfeldtplatz gab es die schönsten.

Schließlich versprach Vater, sich umzusehen, in diesen Tagen habe er aber noch nicht recht Zeit dafür. Doch wir ließen nicht nach mit Drängen. Schließlich ging Vater, und wir alle erwarteten seine Rückkehr mit Spannung. Natürlich kam er leer zurück. Das hatten wir auch nicht anders erwartet, denn Vater kaufte nie etwas sofort. Er erkundigte sich erst überall, wo er es am billigsten bekäme. Aber Vater kam auch recht niedergedrückt heim: die Weihnachtsbäume waren in diesem Jahre unerschwinglich teuer! Er hatte uns doch recht verstanden, wir wollten wieder einen Baum vom Fußboden bis zur Decke –? Nun also, so etwas hatte er sich schon gedacht, aber solche Bäume gab es nicht unter neun Mark, und mehr als fünf wolle er keinesfalls anlegen … Wenn wir uns freilich mit einem auf den Tisch gestellten Bäumlein begnügen wollten –?

Wir schrien Protest. Es gelang dem Vater immer wieder, unsere Leidenschaft und unsern Zweifel zu erregen, obwohl sich alljährlich das gleiche Spiel wiederholte. Wir wussten ja, dass Vater wirklich *sehr* sparsam war, es war ja möglich, dass Weihnachtsbäume in diesem Jahre besonders teuer waren!

Von nun an kam Vater fast alltäglich mit neuen Geschichten über Weihnachtsbäume heim. Und diese Geschichten klangen so echt, mit ihren drastischen Berolinismen, dass wir immer sicherer wurden, Vater war wirklich auf der Suche nach einem Tannenbaum, hatte aber noch keinen gefunden.

Er erzählte uns, wie er am Viktoria-Luise-Platz beinahe, beinahe einen herrlichen Baum gekauft hatte, als er im letzten Augenblick merkte, dass die meisten seiner Zweige nicht an ihm gewachsen, sondern in eingebohrte Löcher gesteckt waren. Vater berichtete von windschiefen Tannenbäumen und von solchen, die jetzt schon nadelten, und von krummen Bäumen. Am Bayrischen Platz hatte Vater einen Baum fast schon gekauft, er und der Händler waren nur noch um fünfundzwanzig Pfennige auseinander, da war ein Wagen vorgefahren, eine Damenstimme hatte gerufen: »Den Baum will ich!« und fast aus Vaters Händen wurde der Baum zum Wagen getragen.

Vater tat sehr geheimnisvoll wegen der Käuferin. Er ließ es für möglich erscheinen, dass es vielleicht eine Prinzessin vom kaiserlichen Hof gewesen sei, oder auch eine Hofdame, und er stellte uns vor, dass nun vielleicht des Kronprinzen Kinder mit »unserer Tanne« Weihnachten feierten!

Das versetzte unserer Phantasie einen Schwung, aber es verhalf uns immer noch nicht zu einer Tanne. Und das Fest zog näher und näher. Unser Drängen wurde heftiger. Aber nun wurde Vater plötzlich gleichmütig: er habe diese ewige Lauferei nach Tannenbäumen satt, sie würden auch noch immer teurer. Nein, nun werde er bis zum 24. Dezember warten, wenige Stunden vor dem Heiligen Abend gingen die Händler immer mit ihren Preisen herunter, um den Rest loszuwerden. Freilich riskiere man, dass dann alles fort sei, aber er, Vater, nehme lieber ein solches Risiko in den Kauf, als dass er Wucherpreise zahle.

Wenn Vater so redete, schielte ich immer nach den Fältchen um seine Augen. Sie waren im allgemeinen sichere Anzeiger für Ernst oder Scherz. Aber Vater wusste selbst sehr gut, dass solche Anzeiger in seinem Gesicht saßen, beherrschte oder verbarg sie – kurz, er brachte uns alle in Unsicherheit. Wir suchten die ganze Wohnung ab, wir stiegen auf den Boden und in den Keller, wir fanden keine Tanne, wir verzweifelten.

(Einmal ist es mir bei einer solchen Nachsuche geschehen, dass ich auf Mutters Versteck stieß, in dem sie alle unsere Weihnachtsgeschenke verheimlichte. Ich konnte meiner Neugierde nicht widerstehen und sah sie alle an. Ich habe nie ein kläglicheres, freudloseres Weihnachtsfest als dies erlebt. Ich musste noch Freude und Überraschung heucheln, und dabei war mir zum Heulen zumute! Von da an habe ich in der Weihnachtszeit meine Augen hartnäckig von jedem Paket, es mochte das harmloseste sein, fortgewendet.)

Also war es ausgemacht und beschlossen, Vater würde den Baum erst wenige Stunden vor der Bescherung kaufen. Wir waren von Angst erfüllt. Mit Kummer sahen wir die Bestände an Weihnachtsbäumen dahinschwinden, wir flehten Vater an, aber Vater schien unerbittlich.

Dafür hatte er ein neues Spiel erfunden, er ließ uns unsere Geschenke raten. Jeder bekam ein Rätsel auf, wie dieses: »Es ist rund und aus Holz. Aber es ist auch eckig und aus Metall. Es ist neu und doch über tausend Jahre alt. Es ist leicht und doch schwer. Das bekommst du zu Weihnachten, Hans!«

Da konnte man lange raten! Mutter zwar schrie manchmal Weh und Ach. »Das ist zu leicht, Vater. Das muss er ja raten! Du nimmst ihm ja die Vorfreude!«

Aber Vater war seiner Sache sicher, und ich erinnere mich wirklich nicht eines einzigen Males, dass ich ein Geschenk erraten hätte.

Unter all diesen Vorbereitungen nahte das Fest. Am 24. Dezember stand Vater ungewohnt früh auf und zog sich mit Mutter ins Weihnachtszimmer, wie nun sein Arbeitszimmer hieß, zurück. Über Weihnachten ruhte alle Arbeit bei ihm. Da wollte er seine Familie ganz für sich haben. Für alle Fälle versuchten wir die Schlüssellöcher, trotzdem wir Vaters Vorsicht kannten: er verhängte sie immer zuerst. Geheimnisvoll verdeckte Gegenstände wurden durch die Wohnung getragen. Alle lächelten, sogar die meist brummige Minna.

Der Vormittag ging für uns Kinder noch so einigermaßen hin. Meist waren wir mit unsern Geschenken für Eltern und Geschwister noch nicht fertig. Mit Eifer wurde laubgesägt, kerbgeschnitzt, spruchgebrannt, gehäkelt und gestickt, und was es da alles sonst noch für Beschäftigungen gab, durch die man in damaligen Zeiten die Wohnungen immer mit Scheuel und Gräuel anfüllte.

Zum Mittagessen gab es immer Rindfleisch mit Brühkartoffeln. Mutter vertrat den Standpunkt, dass wir uns noch früh genug den Magen verderben würden und vorher nicht einfach genug essen könnten. Nach dem Essen aber stieg unsere Spannung so sehr, dass wir eine Pest wurden, aus lauter Kribbligkeit und Erwartung brachen ständig Streitigkeiten zwischen uns aus. Schließlich jagte uns Vater auf die Straße mit dem Machtwort, nicht vor sechs Uhr nach Haus zu kommen, eher fange die Bescherung doch nicht an.

Meist trennten wir vier Geschwister uns sofort, wenn wir auf die Straße kamen. Die Schwestern gingen für sich, und ich machte mich mit Ede auf, um die schon hundertmal besichtigten Schaufenster der Spielwarenläden noch einmal anzusehen. Da stellten wir dann fest, was mittlerweile aus den Schaufenstern genommen war, und machten Pläne für das, was wir uns zum nächsten Weihnachtsfest wünschen wollten. Aber die Zeit wurde uns sehr lang, es schien überhaupt nicht dunkel werden zu wollen, und sonst kam die Dämmerung immer so schnell!

Wir gingen und gingen, aber die Zeit verging nicht. Dann kamen wir auf das Spiel, auf den Granitplatten des Bürgersteigs so zu gehen, dass nie auf eine Ritze getreten wurde. Auch durfte man auf jeden Stein nur einmal treten. Gelang es, so bis zur nächsten Straßenecke zu kommen, so wurde ein Lieblingswunsch erfüllt. Dies war also unser Orakel, und es war gar nicht so leicht! Denn manche Steine waren für unsere Kinderbeine sehr breit, auch verlangten entgegenkommende Erwachsene, dass wir ihnen den Weg frei machten, und neben den Granitplatten lag Kleinpflaster – dann ade Lieblingswunsch!

Schließlich war es doch dämmrig geworden. Wir warteten so lange, bis in irgendeinem Fenster der erste Baum brannte, dann stürzten wir nach Haus mit dem Geschrei:

»Die Weihnachtsbäume brennen schon überall! Warum geht's denn bei uns noch nicht los?!«

Meist waren die Schwestern kurz vor uns eingetroffen oder kamen gleich hinterher, und meist waren die Eltern dann auch soweit, und wir brauchten nicht länger am Spieße zu zappeln, wie Vater das nannte. ...

Für die letzte Viertelstunde scheuchte Vater auch noch Mutter aus dem Weihnachtszimmer. Er baute ihr noch rasch seine Geschenke auf, auch war es sein eifersüchtig verteidigtes Vorrecht, die Lichter am Baum zu entzünden. In fliegender Hast warf Mutter sich in Gala, wobei sie noch uns auf Sauberkeit und Ordnung prüfte.

Nun versammelten wir uns schon alle erwartungsvoll auf dem Flur, die Herzen schlugen schneller, die Hoffnungen wurden immer ausschweifender. Ich ertappe mich dabei, dass ich vor lauter Aufregung die Fäuste fest geballt habe und immerzu vor mich hin flüstere: »Au Backe! Au Backe! Au Backe!« Auch Edes Lippen bewegten sich stumm, ich weiß schon, er sagt sich noch einmal das Weihnachtsgedicht auf, das er gleich wird deklamieren müssen ... Nun, in diesem spannendsten Moment, werde ich von der Mutter in die Küche geschickt, um die alte Minna zur Eile anzutreiben. Christa ist längst hier ...

Minna ist noch beim Haarmachen. Ihr dunkles spärliches Haar steht in lauter kurzen Mäuseschwänzchen steil vom Kopfe ab. Jedes Schwänzchen wird sorgfältig mit Ochsenpfotenfett, einer Stangenpomade, eingerieben. Ich flehe Minna an, sich zu beeilen, obwohl ich aus Erfahrung weiß, dass jedes Hetzen bei Minna nur die Wirkung hat, sie noch zu verlangsamen, und kehre zu Mutter zurück, um ihr Bericht zu erstatten. Mutter entscheidet, dass wir auf Minna warten müssen. Aus dem Bescherungszimmer klingt eine raue Stimme:

»Seid ihr auch alle artig?«

Wir brüllen begeistert: »Ja!«

Die Stimme fragt weiter: »Habt ihr euch auch alle die Zähne geputzt?«

Wir brüllen ebenso begeistert: »Nein!«

Und die Stimme fragt zum dritten Male: »Seid ihr denn auch alle fertig?«

Wir brüllen eiligst wieder ein »Ja!«, aber Mutter fügt hastig hinzu: »Wir müssen noch auf Minna warten!«

»Na, denn wartet man!« ruft die Stimme, und hinter der Tür wird es wieder still.

Aber der Geruch von brennenden Kerzen und Tannennadeln hat sich doch auf dem Flur verbreitet. Unsere Aufregung kann nun nicht mehr höher steigen. Ich tanze auf einem Bein wie ein Irrwisch umher, Ede sieht bleich vor Aufregung aus. Plötzlich geht er, fast finster vor Entschlossenheit, auf Christa zu, nimmt ihre Hand und küsst sie!

Christa wird puterrot und reißt ihm ihre Hand fort. Wir andern brechen in ein verblüfftes Lachen aus.

»Warum hast du das denn bloß gemacht, Ede?« ruft Mutter verwundert.

»Nur so!« antwortet er ohne alle Verlegenheit. »Irgendetwas muss man doch tun, und mir war grade so! Man wird ja verrückt vor lauter Warten!«

Nach diesen abgerissen hervorgestoßenen Sätzchen stellt er sich neben mich und haut mich mit der geballten Faust auf den Bizeps. Alle Vorbedingungen für die schönste Keilerei sind gegeben, aber …

Aber da erscheint endlich Minna! Ich finde, ihr glatt an den Schädel geschmiertes Haar sieht nicht anders aus als sonst, darum hätte sie uns wirklich nicht so lange warten lassen müssen!

Mutter ruft: »Vater, wir sind soweit!« und fast augenblicklich ertönt das silberne Bimmeln eines kleinen Glöckchens. Sofort nehmen wir Aufstellung, und zwar ist nach dem Alter anzutreten, was auch genau der Größe entspricht. Wir stehen hintereinander wie die Orgelpfeifen, nur die zu kurz geratene Minna zwischen Christa und der Mutter stört …

Die Tür zum Bescherungszimmer fliegt auf, eine strahlende Helligkeit begrüßt uns. Geführt von Ede rücken wir im Gänsemarsch ein. Vater, am Flügel sitzend, sieht uns mit einem glücklichen Lächeln entgegen.

Nach geheiligtem Gesetz dürfen wir weder rechts noch links schauen, wir haben schnurstracks auf den Baum loszumarschieren und vor ihm Aufstellung zu nehmen, nach dem Satz: erst kommt die Pflicht, dann das Vergnügen. Die Pflichterfüllung aber besteht darin, dass Vater nach einem kurzen Vorspiel das Lied »Stille Nacht, heilige Nacht« spielt, nun setzen wir ein, und es wird gesungen. Das heißt, wir sind natürlich nicht wir, ich brumme nur so mit, und auch das gebe ich gleich wieder auf: die klettern ja auf alle Gipfel!

Unterdes mustere ich den Baum. Jawohl, es ist doch wieder ein Weihnachtsbaum geworden, wie er sein soll, vom Fußboden bis zur Decke. Vater hat uns also doch wieder reingelegt, denn diesen Baum hat er bestimmt nicht erst in der letzten Stunde gekauft! Wo er ihn nur so lange versteckt haben mag?! Im nächsten Jahre falle ich aber bestimmt nicht wieder darauf rein!

HERMANN HESSE
Unter dem Christbaum

Das Erlebnis, dessen ich mich heute erinnere, hat nicht
einmal Minuten gedauert, nur Sekunden. Aber in den Sekunden des Erwachens und Sehendwerdens sieht man
viel, und das Erinnern und Aufzeichnen braucht, wie bei
Träumen, das Vielfache an Zeit als das Erleben selbst.

Es war in unsrem Vaterhaus in Calw, und es war Weihnachtsabend im »schönen Zimmer«, die Kerzen brannten am hohen Baum, und wir hatten das zweite Lied gesungen. Der feierlichste und höchste Augenblick war
schon vorüber, der war das Vorlesen des Evangeliums:
Da stand unser Vater hoch aufgerichtet vor dem Baum,
das kleine Testament in der Hand, und halb las er, halb
sprach er auswendig mit festlicher Betonung die Geschichte von Jesu Geburt: »Und es waren Hirten daselbst
auf dem Felde bei den Hürden, die hüteten des Nachts
ihre Herde …« Dies war das Herz und der Kern unsres
Christfestes: das Stehen um den Baum, die bewegte Stimme des Vaters, der Blick in die Ecke des Zimmers, wo auf
halbrundem Tisch zwischen Felsen und Moos die Stadt
Bethlehem aufgebaut war, die letzte freudige Spannung
auf die Bescherung, auf die Geschenke, und bei alledem
im Herzen der leise Widerstreit, der zu allen unsern Festen gehörte, der sie uns ein wenig verdarb und störte und
sie zugleich erhöhte und steigerte: der Widerstreit zwi-

schen Welt und Gottesreich, zwischen natürlicher Freude und frommer Freude. War es auch nicht so schlimm
wie an Ostern, und war auch am Geburtsfest des Herrn
Jesus ohne Zweifel Freude nicht nur erlaubt, sondern ge-
boten, so war doch die Freude über Jesu Geburt im Stal-
le zu Bethlehem und die Freude am Baum und Kerzenlicht und am Duft der Lebkuchen und Zimmetsterne, und
die drängende Spannung im Herzen, ob man wirklich
das seit Wochen Gewünschte auf dem Gabentisch finden werde, eine wunderlich unreine Mischung. Indessen
das war nun so, zu den Festen gehörte ebenso wie die
Kerzen und die Lieder auch die leise Betretenheit und
dieser sanftbange kleine Beigeschmack von schlechtem
Gewissen. Wenn ein Geburtstag im Hause gefeiert wurde, so begann die Feier stets mit dem Singen eines Lie-
des, das mit der zweifelnden Frage anhob:

Ist's auch eine Freude,
Mensch geboren sein?

Nun, es war eine Freude, trotzdem, und als Kind hatte
ich Jahr um Jahr über das Fragezeichen hinweg gesungen
und war überzeugt gewesen, dass das »Mensch geboren
sein« wirklich eine Freude sei, zumal an Geburtstagen.
Und so waren wir auch heut, an diesem Christabend, alle
von Herzen fröhlich.

Das Evangelium war gesprochen, das zweite Lied war
gesungen, ich hatte schon während des Singens die Tisch-

ecke erspäht, wo meine Geschenke aufgebaut waren, und jetzt näherte sich jeder seinem Platze, die Mägde wurden von der Mutter an die ihren geführt. Es war im Zimmer schon warm geworden und die Luft ganz überfüllt vom Geflimmer der Kerzen, vom Wachs- und Harzgeruch und vom starken Duft des Backwerks. Die Mägde flüsterten aufgeregt miteinander und zeigten sich und betasteten ihre Sachen, eben hatte meine jüngere Schwester ihre Geschenke entdeckt und stieß einen lauten Jubelruf aus. Ich war damals entweder dreizehn oder vierzehn Jahre alt.

Ich hatte mich, wie wir alle, vom Christbaume weg und den Tischen zugewendet, wo die Geschenke lagen, ich hatte meinen Platz mit suchenden Augen entdeckt und strebte jetzt auf ihn zu. Dabei musste ich meinen kleinen Bruder Hans und ein niedriges Kinder-Spieltischchen umgehen, auf dem seine Bescherung aufgebaut war. Mit einem Blick streifte ich seine Geschenke, ihr Mittelpunkt und Prunkstück war ein Satz von winzig kleinem Tongeschirr; drollig liliputanische Tellerchen, Krügchen, Tässchen standen da beisammen, komisch und rührend in ihrer hübschen Kleinheit, jede Tasse war kleiner als ein Fingerhut. Über dieses tönerne Zwerggeschirr gebeugt, mit vorgestrecktem Kopf, stand mein kleiner Bruder, und im Vorbeigehen sah ich eine Sekunde lang sein Kindergesicht – er war fünf Jahre jünger als ich – und habe es in dem halben Jahrhundert, das seitdem vergangen ist, manche Male in Erinnerung so wiedergesehen, wie es mir in jener Sekunde sich offenbarte: ein still strahlendes, leicht zum Lächeln zusammengenommenes, von Glück und Freude ganz und gar verklärtes und verzaubertes Kindergesicht.

Dies war das ganze Erlebnis. Es war schon vorüber, als ich mit dem nächsten Schritt bei meinen Geschenken angekommen war und von ihnen in Anspruch genommen wurde, Geschenke, von denen ich heute keins mehr mir vorstellen und benennen kann, während ich Hansens Töpfchen noch in genauester Erinnerung habe. Im Herzen blieb das Bild bewahrt, bis heute, und im Herzen geschah alsbald, kaum dass mein Auge das Brudergesicht wahrgenommen hatte, eine mannigfaltige Bewegung und Erschütterung. Die erste Regung im Herzen war die einer starken Zärtlichkeit gegen den kleinen Hans, gemischt jedoch mit einem Gefühl von Abstand und Überlegenheit, denn hübsch und entzückend zwar, aber kindisch erschien mir solche Verklärtheit und Beseligung über diesen kleinen tönernen Kram, den man beim Hafner für ein paar Groschen haben konnte. Indessen widersprach schon die nächste Zuckung des Herzens wieder: Sofort nämlich, oder eigentlich schon gleichzeitig empfand ich meine Verachtung für diese Krügelchen und Tässchen als etwas Schmähliches, ja Gemeines, und noch schmählicher war mein Gefühl von Klügersein und von Überlegenheit über den Kleineren, der sich noch so bis zur Entrücktheit zu freuen vermochte und für den die Weihnacht, die Tässchen und das alles noch den vollen Zauberglanz und die Heiligkeit hatten, die sie einst auch für mich gehabt hatten. Das war der Kern und Sinn dieses Erlebnisses, das Aufweckende und Erschreckende: Es gab den Begriff »Einst« für mich! Hans war ein Kind, ich aber wusste plötzlich, dass ich keines mehr sei und nie mehr sein würde! Hans erlebte sein Gabentischchen wie ein Paradies, und ich war nicht nur solchen Glückes nicht mehr fähig, sondern ich fühlte mich ihm mit Stolz entwachsen, mit Stolz und doch auch beinah mit Neid. Ich blickte zu meinem Bruder, der eben noch meinesgleichen gewesen war, aus einer Distanz hinüber, von oben und kritisch, und fühlte zugleich Scham darüber, dass ich ihn und sein Tongeschirr so hatte betrachten können, so zwischen Mitleid und Verachtung, so zwischen Überheblichkeit und Neid. Ein Augenblick hatte diese Distanz geschaffen, hatte diese tiefe Kluft aufgerissen. Ich sah und wusste plötzlich: Ich war kein Kind mehr, ich war älter und klüger als Hans, und war auch böser und kälter.

Es war an jenem Christabend nichts geschehen, als dass ein kleines Stück Wachstum in mir drängte und Unbehagen schuf, dass im Prozess meiner Ichwerdung einer von tausend Ringen sich schloss – aber er tat es nicht, wie fast alle, im Dunkeln, ich war einen Augenblick wach und mit Bewusstsein dabei, und ich wusste zwar nicht, konnte es aber am Widerstreit meiner Empfindungen deutlich spüren, dass es kein Wachstum gibt, das nicht ein Sterben enthält. Es fiel in jenem Augenblick ein Blatt vom Baum, es welkte eine Schuppe von mir ab. Dies geschieht in jeder Stunde unseres Lebens, es ist des Werdens und Welkens kein Ende, aber nur sehr selten sind wir wach und achten einen Augenblick auf das, was in uns vorgeht. Seit der Sekunde, in der ich das Entzücken im Gesicht meines Bruders gesehen, wusste ich über mich und über das Leben eine Menge Dinge, die ich beim Eintritt in dies festlich duftende Zimmer und beim Mitsingen des Weihnachtsliedes noch nicht gewusst hatte.

Bei den vielen späteren Malen, in denen ich mich des Erlebnisses erinnerte, war es mir jedes Mal merkwürdig, wie genau in ihm die beiden gegensätzlichen Hälften ausgewogen waren: Dem gesteigerten Selbstgefühl entsprach ein dunkles Gefühl von Schuld, dem Gefühl von Erwachsensein ein Gefühl von Verarmung, dem Klugsein und Überlegensein eine Regung von schlechtem Gewissen, der spöttischen Distanz zum kleineren Bruder ein Bedürfnis, ihn dafür um Verzeihung zu bitten und seine Unschuld als den höheren Wert anzuerkennen. Das klingt alles recht unnaiv und kompliziert, aber in den Momenten des Wachseins sind wir eben keineswegs naiv; in den Momenten, in denen wir nackt der Wahrheit gegenüberstehen, fehlt uns stets die Sicherheit eines guten Gewissens und das Behagen des unbedingten Glaubens an uns selber. Im Augenblick des Wachseins könnte möglicherweise ein Mensch sich töten, niemals aber einen andern. Im Augenblick des Wachseins ist der Mensch stets sehr gefährdet, denn er steht nun offen und muss die Wahrheit in sich einlassen, und die Wahrheit lieben zu lernen und als Lebenselement zu empfinden, dazu gehört viel, denn zunächst einmal ist der Mensch Kreatur und steht der Wahrheit durchaus als Feind gegenüber. Und in der Tat ist ja die Wahrheit niemals so, wie man sie sich wünschen und wählen würde, aber immer ist sie unerbittlich.

Und so hatte auch mich in der Sekunde des Wachseins die Wahrheit angeblickt. Man konnte sie gleich nachher wieder zu vergessen suchen, man konnte sie nachträglich mildern und beschönigen, und das tat man denn auch, jedes Mal tat man es. Dennoch blieb von jedem Erwachen ein Blitz zurück, ein Sprung in der glatten Oberfläche des Lebens, ein Schreck, eine Mahnung. Und sooft man sich eines Erwachens später erinnert, sind es nicht die Reflexionen und Beschönigungen, deren man wieder inne wird, sondern des Erlebnis selbst: der Blitz, der Schreck.

Ich hatte, selbst beinah noch Kind, plötzlich die von mir abgewelkte Kindheit leibhaftig vor mir gesehen, im Gesicht des Brüderchens, und die Betrachtungen und Erkenntnisse, die sich mir daraus in den folgenden Stunden und Tagen ergaben, waren nur abblätternde Schalen, sie lagen schon alle im Erlebnis selber. Das meine war eigentlich ein hübsches und freundliches gewesen; was ich gesehen hatte und wofür mir für einen Moment die Augen geöffnet worden waren, war ein liebenswertes, sanftes und holdes Bild. Die Seligkeit auf einem Kindergesicht hatte ich gesehen. Trotzdem war es Blitz und Schreck, denn der Inhalt eines jeden Wachwerdens ist der gleiche, es gibt Millionen Gesichter der Wahrheit, aber nur eine Wahrheit. Mir war gezeigt worden, dass der kleine Hans etwas besaß, etwas sehr Schönes und Kostbares. Ich aber hatte es verloren, ich besaß es nicht mehr, und vielleicht hatte ich damit das Allerbeste, das einzige wirklich Wertvolle verloren, denn selig werden ja die Kinder gepriesen, und zu den Erwachsenen wird gesagt, wenn sie ins Reich Gottes wollen: »Wahrlich, so ihr nicht werdet wie dieser Kinder eines ...« Ich hatte das Glück und die Unschuld verloren und hatte es nur daran gemerkt, dass ich es mit Augen, außerhalb meiner, auf dem Gesicht eines andern gesehen hatte. Auch diese Einsicht gehörte zur Frucht des Erlebnisses: Was man besitzt, das sieht man nicht und davon weiß man kaum. Auch ich war ein Kind gewesen und hatte nichts davon gewusst. Jetzt hatte ich Augen bekommen und sah. In Gestalt eines Lächelns und Augenschimmers, in Gestalt eines zarten Leuchtens hatte ich das Glück zu sehen bekommen, das Glück, das man nur besitzen kann, solange man es nicht sieht. Es sah wunderbar strahlend und herzgewinnend aus, das Glück. Aber es hatte auch etwas, worüber man lächeln und dem man sich überlegen fühlen konnte, es war kindlich, und ich war sogar geneigt, es etwas kindisch zu finden, etwas dümmlich. Es forderte zum Neid heraus, aber auch zum Spott, und wenn ich schon des Glücks nicht mehr fähig war, so war ich dafür des Spottes fähig und der Kritik. Und wahrscheinlich hatten die Jünger des Heilands einst genauso auf die seliggeprie-

senen Kinder geblickt wie ich auf Hans, mit Neid nämlich und zugleich mit etwas Spottlust. Sie wussten sich
erwachsen, wussten sich klüger, erfahrener, wissender,
sie waren überlegen. Nur dass eben die Erwachsenheit,
Klugheit und Überlegenheit kein Glück war und nicht
seliggepriesen wurde und keinen ins Reich Gottes führen konnte.

OSKAR MARIA GRAF
Die Christmette

Die schönsten Sachen, die wo ich als Schulbub mitgemacht habe, hängen gar nicht mit unseren Indianerspie-
len und unserem sonstigen Umtreiben zusammen. Bei
diesen wunderschönen Sachen ist auch eigentlich gar
nichts Richtiges passiert, wir haben uns bloß immer sehr
darauf gefreut, und wir haben uns noch lang nachher
ungemein wohlig daran erinnert. Da war zum Beispiel
das Mettengehen in der Weihnachtsnacht. Nachdem wir
schon eine Zeitlang unseren hellleuchtenden Christbaum
mit dem künstlichen Schnee, den Silberfäden und den
farbigen Kugeln, den daran hängenden Nüssen, Äpfeln
und den Mürbteigplätzchen bewundert gehabt und unser
Spielzeug, die Indianerbücher oder was wir sonst noch
zum Christkindl bekommen, halbwegs ausprobiert und
durchgeschaut haben, hat es geheißen, jetzt geht's nach
Aufkirchen in die Mette. Da sind wir, wenn es auch schon
spät nach zehn Uhr in der Nacht gewesen ist, sofort wieder lebendig geworden, haben uns in aller Schnelligkeit
unser dickes Winterzeug angezogen und sind hinaus aus
dem Haus. In der tiefverschneiten, eiskalten Dunkelheit
haben wir Dorfkinder uns gesammelt und allesamt auf
die breite, hölzerne, von vier Rössern gezogene Schnee-
schloapf gehockt, die wo der Schatzl-Knecht in unser
Pfarrdorf hinaufgefahren hat, um den Weg zu bahnen.

Je mehr wir Kinder gewesen sind, umso besser ist es gewesen, weil alsdann die Schloapf wegen dem Gewicht tiefer gegangen ist. Endlich haben die prustenden Rösser angezogen, und die in den mannshohen Schnee gesteckten Windlaternen außerhalb vom Dorf haben gelbe Linien wie lange Schwerter in die Finsternis geworfen, die rundherum bis in den Himmel hinauf kohlschwarz, kalt und stad um uns gewesen ist. Wir Kinder haben gelacht, ineinander geplappert, uns von unseren Christkindlgeschenken erzählt und auch zwischenhinein gesungen, und wenn wir bei unserm Feldkreuz angekommen sind, haben die Windlichter aufgehört, und auf einmal war bloß noch die schwarze Nacht da, wo keiner mehr weitergefunden hätte. Droben aber, vom Aufkirchner Berg herunter, haben die hohen, schmalen, märchenhaft schön bemalten Fenster von unserer uralten Kirche geleuchtet und schier wie überirdisch gestrahlt, und je näher wir gekommen sind, umso deutlicher sind die Umrisse von der Kirche selber aufgetaucht. Auf einmal waren die Mauern, das Dach und der Turm zu sehen, so fest und ruhig und gottesmächtig wie seit ewiger Zeit …

Wie die Schloapf endlich im Pfarrdorf haltgemacht hat, sind wir heruntergesprungen und samt dem tiefen Schnee hinter das Pfarrhaus gelaufen, und nichts hat man mehr gehört als wie unser fast juchzendes: »Ah! Ah! Do schaugts obi, do kemma dö Farchner! Und do, ah, ah! Do drenten die Bachhauser! Und sehchts ös, do ganz weit weg, do hintn die Mörlbacher. Ah, wia schön ois dös is!«

Da sind sie dahergestapft, aus dem weiten, breiten Farchach-Bachhauser-Tal herauf, die Bauern und Weiber und Kinder; durch die schwarze Nacht und den tiefen, tiefen Schnee wateten sie mit ihren Windlaternen, und das hat ausgeschaut, als wie wenn wirkliche Sternketten dahergewandert wären.

Vor lauter Frieren haben unsre Zähne aufeinander geklappert, der bissige Wind und die Eiskälte haben durch unser dickes Zeug geweht bis auf die Haut. Aber wir haben bloß fort und fort auf die näherkommenden Sternketten geschaut, geschaut und geschaut, und die Zehen oder die Hände haben wir uns oft dabei erfroren, bloß Augen haben wir noch gehabt.

Und wenn dann beim tiefbrummenden Glockenläuten so nach und nach die strahlend erleuchtete, steil ins Gewölbe aufstrebende Pfarrkirche sich dicht und immer dichter mit den Mettenbesuchern gefüllt hat, wir Kinder mitten drinnen, wenn der Pfarrer im schönsten, goldstrotzenden Ornat und hinter ihm die klingelnden Ministranten aus der Sakristei gekommen und über die von einem roten Teppich belegten Stufen zum Hochaltar hinaufgegangen sind, wenn in dem Augenblick, fast wie noch mal so laut als wie sonst, die Orgel erklungen ist und Chorstimmen eingefallen sind – wahr und wahrhaftig, das ist jedes Mal gewesen, als wie wenn unser allmächtiger Herr und Gott selber dieses prangende, prunkende Inwendige von unsrer Pfarrkirche aus Licht und Farben und Gold, aus Orgeltönen und Gesang wie ein märchenhaft prachtvolles Schmuckkästlein mitten in unsere tiefverschneite, eiskalte, stockdunkle Weltkugel herabgestellt hätte, und ich glaub, nicht bloß uns Kinder, sondern jeden, der wo da frierend und vom langsam aufgleimenden Schnee durch und durch nass in den Betstühlen gekniet oder auf dem rutschigen, nassen Pflasterboden gestanden ist, hat es da wie ein Wunder überkommen. Ganz und gar aber hat uns alle schier verzaubert, wenn am Schluss der Mette – von den rostigen, tiefbassigen Mannsbildern, den heller singenden Weibern bis zu den dünnen Stimmen von uns Kindern – das gemeinsame Tedeum gesungen worden ist, dieses gewaltig zum Himmel hinauf brausende »Großer Gott, wir loben dich …«.

Beschreiben kann ich das nicht mehr. Mir ist es aber jedes Mal so vorgekommen, als wie wenn der ganze Stimmenfluss sich so mit dem Orgelspiel vermischt hat, dass man gemeint hat, das Singen und das Spiel schweben auf einem samten weichen, aber unsichtbaren Teppich über uns empor, immer höher, das Kirchengewölbe bricht oben auf, und der klingend leuchtende Teppich wird im Schneien und in der stockdunklen Nacht sichtbar – er steigt und steigt, und auf einmal tut sich rund und groß der Himmel über uns auf und zeigt uns in einem kurzen Augenblick seine ganze strahlende, heilige, unermessliche Pracht.

Wahrscheinlich muss es allen in der Kirche so ergangen sein, weil jeder seltsamerweise sein Gesicht himmelwärts gehoben hat. Wir Kinder haben da unser Frieren vergessen, und die Gesichter der ausgewachsenen Leute um uns herum haben fast wie verklärt ausgeschaut, vielleicht weil sie in den paar Schnauferlängen wirklich bloß noch an unseren großmächtigen, lieben Gott und seinen Himmel gedacht haben …

Ach, und daheim hat es alsdann Leber- und Blutwürste mit Kraut gegeben, und später den schweren Punsch mit Christbaumgebäck, und aufbleiben haben wir dürfen bis lang, lang nach Mitternacht.

ERWIN STRITTMATTER
Der Weihnachtsmann mit der Lumpenkiste

In meiner Heimat gehen am Andreastage, dem 30. November, die Ruprechte von Haus zu Haus. Die Ruprechte, das sind die Burschen des Dorfes in Verkleidungen, wie sie die Bodenkammern und die Truhen der Altenteiler, der Großeltern, hergeben. Die rüden Burschen haben bei diesem Rundgang durch das Dorf keineswegs den Ehrgeiz, friedfertige Weihnachtsmänner zu sein. Sie dringen in die Häuser wie eine Räuberhorde. Sie schlagen mit Birkenruten um sich, werfen Äpfel und Nüsse, auch Backobst ins Zimmer. Sie brummen wie alte Bären und wackeln mit den vermummten Köpfen. »Können die Kinder beten?« brummen sie. Die Kinder beten. Sie beten vor Angst kunterbunt: »Müde bin ich, geh zur Ruh ... komm, Herr Jesus, sei unser Gast ... der Mai ist gekommen ...«

Wenn die Ruprechthorde die kleine Dorfschneiderstube meiner Mutter verlassen hatte, roch es darin noch lange nach stockigen Kleidungsstücken, nach Mottenpulver und reifen Äpfeln. Meine kleine Schwester und ich aber saßen unter dem großen Schneidertisch. Die Tischplatte schien uns ein besserer Schutz als unsere Gebetchen, und wir wagten lange nicht hervorzukommen, noch weniger das Dörrobst und die Nüsse, die die Ruprechte in die Stube geworfen hatten, anzurühren. Das hat denn wohl auch der Mutter nicht gefallen, denn sie bestellte im nächsten Jahre die Ruprechte ab. Oh, was hatten wir für eine mächtige Mutter! Sie konnte die Ruprechte abbestellen und dafür das Christkind einladen.

Zu uns kam also jahrs drauf das Christkind, um uns mit den üblichen Weihnachtsbringern zu versöhnen. Das Christkind trug ein weißes Tüllkleid und ging in Ermangelung von heiligweißen Strümpfen – es war im Ersten Weltkrieg – barfuß in geborgten Brautschuhen. Sein Gesicht war von einem großen Strohhut überschattet, dessen Krempe mit Wachswattekirschen garniert war. Vom Rande des Strohhutes fiel dem Christkind ein weißer Tüllschleier übers Gesicht. Das holde Himmelskind sprach mit piepsiger Stimme und streichelte uns sogar mit seinen Brauthandschuhhänden. Als wir unsere Gebete abgerasselt hatten, wurden wir mit gelben Äpfeln beschenkt, die den Goldparmänenäpfeln, die wir als Wintervorrat auf dem Boden in einer Strohschütte liegen hatten, sehr glichen. Das sollten nun Himmelsäpfel sein? Wir bedankten uns trotzdem artig mit »Diener« und »Knicks«, und das Christkind stakte gravitätisch auf seinen nackten Heiligenbeinen in Brautstöckelschuhen davon.

»Habt ihr gesehn, wie 's Christkind aussah?« fragte meine mit dem Christkind zufriedene Mutter.

»Ja«, sagte ich, »wie Buliks Alma hinter einer Gardine sah's aus.« Buliks Alma war die etwa vierzehnjährige

Tochter aus dem Nachbarhause. An diesem Abend sprachen wir nicht mehr über das Christkind.

Vielleicht kam die Mutter auch wirklich nicht ohne Weihnachtsmann aus, wenn sie sich tagsüber die nötige Ruhe in der Schneiderstube erhalten wollte. Jedenfalls sollte der Weihnachtsmann nach dem missglückten Christkind nunmehr eine Werkstatt über dem Bodenzimmer unter dem Dach eingerichtet haben. Das war freilich eine dunkle, geheimnisvolle Ecke des Häuschens, in der wir noch nie gewesen waren. Die Treppe führte nicht unter das Dach, und eine Leiter war nicht vorhanden. Die Mutter wusste so geheimnisvoll zu erzählen, wie sehr der Weihnachtsmann dort oben nachts, wenn wir schliefen, arbeite, dass uns das Umhertollen und Plappern verging, weil der Weihnachtsmann sich bei Tage doch ausruhen und schlafen musste.

Eines Abends vor dem Schlafengehen hörten wir dann auch wirklich den Weihnachtsmann in seiner Werkstatt scharwerken, und die Mutter war sicher an jenem Abend dankbar gegen den Wind, der ihr beim Märchenmachen behilflich war.

Soll der Weihnachtsmann Nacht für Nacht arbeiten, ohne zu essen? Diese Frage stellte ich hartnäckig.

»Wenn ihr artig seid, isst er vielleicht wahrhaftig einen Teller Mittagessen von euch«, entschied die Mutter.

Also erhielt der Weihnachtsmann am nächsten Tage von meiner Schwester und mir einen Teller Mittagessen. Den Teller stellten wir nach Ratschlägen unserer Mutter an der Tür des Bodenstübchens ab. Ich gab meinen Patenlöffel dazu. Sollte der Weihnachtsmann vielleicht mit den Fingern essen?

Bald hörten wir unten in der Schneiderstube, wie der Löffel im Teller klirrte. Oh, was hätten wir dafür gegeben, den Weihnachtsmann essen sehen zu dürfen; allein die gute Mutter warnte uns, den alten wunderlichen Mann ja nicht zu vergrämen, und wir gehorchten.

Versteht sich, dass der Weihnachtsmann nun täglich von uns beköstigt wurde. Wir wunderten uns, dass Teller und Löffel, wenn wir sie am späten Nachmittag vom Boden holten, blink und blank waren, als wären sie durch den Abwasch gegangen. Der Weihnachtsmann war demnach ein reinlicher Gesell, und wir bemühten uns, ihm nachzueifern. Wir schabten und kratzten nach den Mahlzeiten unsere Teller aus, und dennoch waren sie nicht so sauber wie der leere Teller des heiligen Mannes auf dem Dachboden.

Nach dem Mittagessen hatte ich als Ältester, um meine Mutter in der nähfädelreichen Vorweihnachtszeit zu entlasten, das wenige Geschirr zu spülen, und meine Schwester trocknete es ab. Da der Weihnachtsmann nun sein Essgeschirr im blitzblanken Zustande zurücklieferte, versuchte ich, ihm auch das Abwaschen unseres Mittagsgeschirrs zu übertragen. Es glückte. Ich ließ den Weihnachtsmann für mich arbeiten, und meine Schwester war auch nicht böse, wenn sie die leicht zerbrechlichen Teller nicht abzutrocknen brauchte.

War's Forscherdrang, der mich zwackte, war's, um mich bei dem Alten auf dem Dachboden beliebt zu machen: Ich begann ihm außerdem auf eigene Faust meine Aufwartung zu machen. Bald wusste ich, was ein Weihnachtsmann gern aß. Von einem Stück Frühstücksbrot, das ich ihm hingetragen hatte, aß er zum Beispiel nur die Margarine herunter. Der Großvater schenkte mir ein Zuckerstück, eine rare Sache in jener Zeit. Ich schenkte das Naschwerk dem Weihnachtsmann. Er verschmähte es. Oder mochte er es nur nicht, weil ich es schon angeknabbert hatte? Auch einen Apfel ließ er liegen, aber eine Maus aß er. Dabei hatte ich ihm die tote Maus nur in der Hoffnung hingelegt, er würde sie wieder lebendig machen; hatte er nicht im Vorjahr einen neuen Schwanz an mein altes Holzpferd wachsen lassen?

Soso, der Weihnachtsmann aß also Mäuse. Vielleicht würde er sich auch über Heringsköpfe freuen, die meine Mutter weggeworfen hatte. Ich legte drei Heringsköpfe vor die Tür der Bodenstube, und da mein Großvater zu Besuch war, hatte ich sogar den Mut, mich hinter der Lumpenkiste zu verstecken, um den Weihnachtsmann bei seiner Heringskopfmahlzeit zu belauschen. Ganz wohl war mir nicht dabei. Mein Herz pochte in den Ohren. Lange zu warten brauchte ich indes nicht, denn aus der Lumpenkiste sprang – »Murr! Miau!« – unsere schwarzbunte Katze, die dort den Tag im warmen Lumpengewölle verschlief. Eine Erschütterung ging durch mein kleines Herz. Ich schwieg jedoch über meine Entdeckung und ließ meine Schwester fortan den Teller Mittagbrot allein auf den Boden schaffen.

Bis zum Frühling bewahrte ich mein Geheimnis, aber als in der Lumpenkiste im Mai, da vor der Haustür der Birnbaum blühte, vier Kätzchen umherkrabbelten, teilte ich meiner Mutter dieses häusliche Ereignis mit: »Mutter, Mutter, der Weihnachtsmann hat Junge!«

ELKE HEIDENREICH
Weihnachten

Als ich ein Kind war, kroch schon ab November die Angst vor Weihnachten in mir hoch.

»Sonst noch was?«, sagte meine Mutter. »Ich feiere doch nicht den Geburtstag von einem, an den ich nicht glaube«, und: »Wo war er denn im Krieg, der Herr Jesus?«

Später, als ich sehr viel älter und meine Mutter schon tot war, las ich eine Geschichte von Luise Rinser über einen kleinen Jungen im KZ, der als Bote zwischen den Baracken hin und her geschickt wurde, bis die Nazis ihn erwischten. Sie hängten ihn auf, und alle mussten zusehen und weinten, und ein alter Mann rief verzweifelt: »Wo ist jetzt Gott?« Und ein anderer zeigte auf diesen gequälten Jungen und sagte: »Dort hängt er.«

Vor Weihnachten ging ich mit meiner Mutter auf den Markt. Es war kalt, ich hatte rot gefrorene Hände und mochte meine kratzigen Handschuhe nicht anziehen. Meine Mutter kaufte Eier, Brot, Gemüse, Mandarinen, Kartoffeln, Würstchen. Bei uns gab es Weihnachten immer Kartoffelsalat mit Würstchen, also irgendein Ritual war schon da – Heiligabend, alle Jahre wieder, kam in unserer Straße zwar nicht das Christuskind auf die Erde nieder, aber doch immerhin Kartoffelsalat mit Würstchen. Auf dem Markt wurden die letzten Weihnachtsbäume verkauft, ich zupfte meine Mutter am Ärmel. »Guck mal, da, ein ganz kleiner«, sagte ich zaghaft. Sie seufzte. »Was sollen wir damit, Baum ist Baum, ich will diesen ganzen Zirkus nicht, Lametta, Kerzen, Kugeln, das ist alles verlogen.« Ich fand es nicht verlogen, ich sehnte mich danach, aber ich sagte lieber nichts mehr. Und dann auf einmal lenkte sie ein:

»Also gut. Aber kein Baum. Ein paar schöne Zweige.«

Ohne zu murren, schleppte ich die Zweige in meinen frierenden Händen nach Hause und legte sie auf den Küchenbalkon, damit sie frisch blieben.

Noch ein Tag bis Weihnachten. Ich wollte meiner Mutter gern etwas schenken, doch sie wollte ausdrücklich kein Geschenk, bloß nicht, sagte sie, steht alles nur dumm rum, und du kriegst auch nichts, wir haben kein Geld.

Aber auf dem Balkon lagen immerhin die Zweige, und auf der Straße traf ich zufällig meinen Vater, der mir einen großen Karton Marzipankartoffeln brachte und sagte: »Frohe Weihnachten!« und: »Sie ist eben so, da kann man nichts machen.« Dann fuhr er wieder ab, zu einer seiner Geliebten.

Ich setzte mich an den Küchentisch, als meine Mutter weg war, und schrieb ein Weihnachtsgedicht für sie. Ich dichtete und malte Tannenzweige und Kerzen und klebte das Ganze auf eine Pappe und verzierte es mit einem Goldbändchen rundum. Das war mein Geschenk.

Noch einmal schlafen.

Am Nachmittag des 24. Dezember kochte meine Mutter die Kartoffeln für den Kartoffelsalat. Ich saß bei ihr in der Küche, schnippelte die Gürkchen, wir hörten Radio, und sie sang mit bei schönen Arien und Liedern, aber nicht bei Weihnachtsliedern. Der Ofen bullerte, die Zweige lagen immer noch auf dem Balkon.

»So«, sagte meine Mutter, »jetzt gehst du mal bei Frau Wiedemann vorbei und wünschst ihr schöne Weihnachten und bringst ihr diesen Stollen, und bleib ruhig ein bisschen bei ihr, sie ist ganz allein, und dann kommst du wieder. Und zieh die Handschuhe an.«

»Die kratzen«, sagte ich. Ich nahm den Stollen und ging los, es wurde schon dämmrig. Ich hatte nur noch sehr wenig Hoffnung auf ein einigermaßen vernünftiges Weihnachten und sah neidisch und wehmütig in anderen Wohnungen, wie der Baum geschmückt wurde oder schon brannte. Ich war elf oder zwölf Jahre alt.

Als ich zurückkam, stand in unserm sonst nie benutzten Wohnzimmer auf dem runden Tisch ein mit Silberfolie umkleideter Eimer, in dem unsere großen schönen Zweige steckten, geschmückt mit reichlich Lametta, silbernen Kugeln und weißen Kerzen, die meine Mutter jetzt vorsichtig anzündete. Unter dem Baum lagen weihnachtlich verpackte Geschenke.

Alles für mich! Ich machte mich sofort ans Auswickeln, aber dann fiel mir mein eigenes Geschenk ein. Ich holte das Gedicht, meine Mutter las es stumm, nahm mich in den Arm und sagte: »Danke. Das ist schön.« Mehr nicht, aber das war bei ihr schon viel. Und erst danach packte ich weiter aus – es gab Bücher und einen schwarzen Muff aus glänzendem Kaninchenfell. Ich steckte meine Hände hinein, meine Nase, ich liebte ihn sofort, ich liebe ihn immer noch, und das ist ungefähr sechzig Jahre her. Ich habe in meinem Leben auf vielen Reisen und Umzügen Dinge verloren, weggeworfen, oder sie sind einfach verschwunden. Der Muff ist noch da. Er sieht nicht einmal zerrupft aus, und im Winter stecke ich noch immer meine Hände hinein und denke an meine Mutter.

Als sie tot war, ordnete ich ihre Sachen. Darunter war ein Schuhkarton mit Kinderzeichnungen und kleinen Geschichten von mir – sie, die alles wegwarf, hatte das fast fünfzig Jahre lang verwahrt. Auch das Weihnachtsgedicht von damals war dabei. Es ging so:

> Weihnachten ist überall,
> denn da liegt das Kind im Stall.
> Deshalb schenkt man sich dann was,
> Weihnachten macht allen Spaß.
> Doch wir glauben da nicht dran,
> dass das Kind von Gott sein kann.
> Deshalb feiern wir das nicht,
> und es gibt kein (!) Baum mit Licht.
> Macht nichts, ich bin trotzdem froh
> Und die Mama ebenso. Frohe Weihnachten.

ERICH KÄSTNER
Auch das geht vorüber

Manchmal braucht man gar nicht sehr zu rütteln, wenn
der Himmel einstürzen soll. Eine einzige ungeschickte
Bewegung genügt dann, und er bricht über uns zusammen. Später – nachdem wir ihn wieder aufgerichtet und
notdürftig geflickt haben – könnten wir fast darüber lächeln. Wir könnten es tun! Doch wir lassen es schließlich, weil wir die Erinnerung nicht weglächeln können.
Wenn eine Puppe zerbricht, geht einem Kinde die Welt
unter. (Freilich nur vorübergehend.)

Bei Steinthal und Frau kam es so: Sie waren ein halbes Jahr verheiratet, bewohnten irgendwo zwei Zimmer
und gingen beide ins Büro. Er war Buchhalter im Kauf-
haus Goldmann. Sie befasste sich in einer Filiale der
Deutschen Bank mit Kontoauszügen. So hätten sie ganz
anständig leben können, wenn sie nicht das für heute
recht anspruchsvolle Bedürfnis gehabt hätten, eigene Möbel zu besitzen. So hatten sie nach ihrem in den bayrischen Alpen verbrachten vierzehntägigen Hochzeitsur-
laub damit begonnen, ihre zwei leer gemieteten Zimmer
hübsch und behaglich einzurichten. Mit dem traurigen
Resultat, dass sie seitdem Monat für Monat an den Tape-
zierer Gerstmann fünfzig Mark, an den Malermeister
Pritsche zwanzig Mark, an die Möbelfirma Hecht sieb-
zig Mark und an ein Gardinengeschäft in der Seilergas-

se dreißig Mark abzuzahlen hatten. Hundertsiebzig Mark im Monat!

So kam es, dass sie von einem Spaziergang durch die Altstadt an einem Dezemberabend sehr herabgestimmt nach Hause zurückkehrten. Und so kam es, dass die junge Frau, am Fenster stehend, sagte; »Weißt du ... ich glaube, wir werden uns nichts zu Weihnachten schenken können.«

»Es ist zwar das erste Weihnachten seit unsrer Hochzeit«, meinte er bedrückt und wusste nicht weiter.

»Das hilft nun alles nichts. Wir holen es im nächsten Jahre nach.«

»Gut«, sagte Steinthal.

»Versprich mir, dass du kein einziges Geschenk kaufen wirst!«

»Aber nur, wenn du dasselbe versprichst ...«

»Selbstverständlich.« Steinthal und Frau waren sich einig. Wenn er nun vom Büro aus abends durch die Geschäftsstraßen lief, wagte er kaum, in die Schaufenster zu sehen, und nie blieb er auch nur einen Augenblick vor ihnen stehen. Er konnte ihr nichts schenken. Und außerdem, er durfte es ja nicht einmal.

Einen kleinen Christbaum hatten sie natürlich gekauft. Ein bisschen Schokolade und ein paar Fäden Silberhaar hingen auch daran. Doch als sie dann am Heiligen Abend auf dem kleinen grünen Sofa saßen, das noch nicht ganz bezahlt war, fühlte er sich recht elend und bemitleidenswert. Sie zündete das halbe Dutzend Kerzen an, das, wie der Krämer beschworen hatte, nicht tropfen würde. Er schaute betrübt lächelnd zu, fuhr ihr verlegen streichelnd über den Rücken und sagte: »Du hättest doch einen reichen Mann nehmen sollen. Es ist schon wahr, wir haben unsere Möbel … Satt gegessen haben wir uns ja wohl auch … Aber trotzdem, ich hätte dir so gern irgendetwas Hübsches geschenkt. In der Seestraße, bei Blusen-Pracht, lagen so schöne …«

Da war sie aber schon ins Nebenzimmer gelaufen, und er saß allein. »Alter Esel«, meinte er zu sich selber, »nun sitzt sie nebenan auf dem Bett und heult.«

Plötzlich fühlte er ihre Hände vor seinen Augen. Ein Schreck durchfuhr ihn. Und sein Herz begann laut zu klopfen.

»Du darfst mir nicht böse sein«, hörte er sie sprechen. »Du darfst nicht böse sein, aber ich brachte es nicht übers Herz.« Dann löste sie ihre Hände von seinem Gesicht. Vor ihm, auf dem Tisch, lag eine grün und schwarz gestreifte Krawatte, und daneben glitzerten, in einer kleinen samten ausstaffierten Schachtel, zwei schöne Manschettenknöpfe …

Es waren unheimliche Minuten. Er brachte kein Wort heraus. Ihr Gesicht, das eben noch vergnügt getan hatte, verzog sich Zug um Zug, bis es ganz ängstlich und verzweifelt aussah.

Er erhob sich, legte die Geschenke beiseite, dass sie vom Tisch fielen, und holte Hut und Mantel. Als er angezogen zurückkam, saß sie auf dem (noch nicht völlig bezahlten) Teppich, suchte die Manschettenknöpfe zusammen und schluchzte.

Beide waren so unglücklich! Er, weil er sein Wort gehalten, und sie, weil sie ihm etwas zu Weihnachten geschenkt hatte. Sie wussten sich keinen Rat. Sie kamen nicht auf den Gedanken, einander Vorwürfe zu machen. Denn jeder wusste vom andern: Er hat es gut gemeint.

Sie waren nur hoffnungslos traurig. So traurig, wie eigentlich nur Kinder sein können. Es ist schon so: Der Himmel war eingestürzt. Alles war zertrümmert.

Später wagte sie es, den Kopf ein wenig zu heben, und fragte flüsternd: »Bist du mir sehr böse?«

Da kniete er in Hut und Mantel neben ihr nieder und sagte, beinahe lächelnd: »Nein.«

Und dann begannen sie, den Himmel wieder aufzurichten. Das war eine sehr traurige und zugleich sehr glücklich machende Weihnachtsbeschäftigung.

PETER BICHSEL
Das Fest des Dazugehörens

Weihnachtsgeschichten? Vielleicht ist auch das eine: Der
Polizist kommt in den Kindergarten, um Verkehrsunter-
richt zu erteilen, und er fragt, ob denn jemand wisse, was
ein Verkehrsteilnehmer sei. Selbstverständlich weiß es
keines der Kinder, also begibt er sich, vermeintlich, auf
ihr Niveau und sagt: »Es gibt so Dinger auf der Straße,
die haben vier Räder und machen Brumm-brumm, wie
sagt man denen?« »Autos«, sagt einer. »Und dann gibt
es auch solche mit zwei Rädern, die Brumm-brumm machen, wie sagt man denen?« »Töff, Motorrad«, sagt einer. Und dann das Moped, das Fahrrad. Und jetzt sagt
der Polizist: »Es gibt aber noch andere Verkehrsteilnehmer, die haben keine Räder, die stehen auf zwei Beinen
und gehen auf ihnen, wie sagt man denen?« Und ein Mädchen antwortet: »Denen sagt man Grüezi, Grüß Gott.«
   Die Geschichte ist wahr und hat sich vor vielen Jahren in dem Schulhaus zugetragen, in dem ich damals un-
terrichtete. Ich finde es eine wunderschöne Geschichte,
weil hier der kalten Vernunft des Gesetzes menschliche
Wärme entgegengesetzt wurde. Der wunderschöne »Irrtum« des Mädchens hatte seine Ursache wohl darin, dass
es annahm, dass der Polizist der Hüter des Anstands sei
und dass es eben anständig sei, zu grüßen.
   Ich grüße gern, und ich genieße es, im kleinen Ort zu

wohnen, wo sich die meisten noch grüßen. Es heißt nicht nur, dass ich den anderen wahrgenommen habe, es ist auch ein gegenseitiges Zeichen des Dazugehörens. Gegrüßt werden und grüßen kann ein bisschen Wärme in einen grauen Tag bringen. Autofahrer haben kaum Gelegenheit dazu. Grüßen ist ein Privileg der Fußgänger.

Ein anderes kleines Mädchen, meine spätere Frau, war davon überzeugt, dass man die Polizisten nur freundlich grüßen muss, dann machen sie einem nichts – irgendwie eine Verwechslung mit dem Sankt Nikolaus und dem Schmutzli, und also auch eine Vorstellung von Anstand.

Oder wäre vielleicht das eine Weihnachtsgeschichte: An der Busstation steht ein Mann, durch und durch ein Schweizer. Nun kommen zwei kleine Buben, wahrscheinlich ausländischer Herkunft, auf ihn zu und fragen, ob er ihnen sagen könnte, welchen Bus sie nehmen müssten zum McDonald's. Der Mann geht zum Fahrplan, macht sich kundig und erklärt den beiden, welchen Bus sie nehmen müssten, nämlich den auf der anderen Seite der Straße, und wann er fährt. Die beiden bedanken sich und gehen über die Straße. Da bleibt einer stehen. Dreht sich um und kommt zurück, geht auf den Mann zu und fragt: »Sind Sie Albaner?« Das Dazugehören als Voraussetzung der Freundlichkeit. Weihnachten, das Fest des Dazugehörens.

Im Bus, mit dem ich täglich fahre, grüßt man die Leute, die man immer wieder sieht, die Leute, mit denen man zusammen fährt. Außer morgens früh, wenn die Leute halb verschlafen zur Arbeit fahren. Ich fahre ganz selten so früh, und wohl deshalb fällt mir auf, wie unheimlich still es ist am Morgen im Bus. Auf der nächsten Station steigen zwei Behinderte ein, auch sie fahren zur Arbeit in einer geschützten Werkstatt. Sie steigen ein und sagen laut und deutlich: »Guten Morgen miteinander.« Die Schweigenden im Bus schrecken auf, wie wenn hier ein Überfall angekündigt würde.

Abends spät sitzt ein Mann mit Turban im Bus – er wohnt in meiner Nachbarschaft, schon seit zwei, drei Jahren. Er geht mit Rosen von Restaurant zu Restaurant. Ein schlechter Verkäufer, der kaum etwas sagt, kaum Deutsch kann, kaum lächelt, aber eine leichte Verbeugung andeutet, wenn ihm jemand das Geld für die Rose gibt. Ich habe ihn zwei Jahre lang immer wieder gegrüßt, und er hat meinen Gruß nicht erwidert. Einmal, als wir gemeinsam auf den Bus warteten, habe ich ihn auf Englisch angesprochen, wir wechselten ein paar Worte. Seither grüßt er mich freundlich, legt seine Hand aufs Herz und nickt. Ich freue mich jedes Mal, wenn er grüßt. Ich habe es damals fast nicht mehr ausgehalten, dass er nicht grüßte. Jetzt fahren wir endlich im selben Bus. Ich kenne ihn eigentlich nicht. Ich kenne weder seinen Namen noch seine Geschichte, und er kennt auch mich nicht. Aber wir nehmen uns nun gegenseitig wahr. Er ist jetzt da und ich auch. Wir haben fast nichts Gemeinsames – eigentlich nur diesen Bus. Aber wir gehören jetzt wirklich dazu, zu diesem Bus. Das ist wenig, sehr wenig. Aber in einer kalten Dezembernacht ist es doch ein kleines Etwas.

Ich wünsche Ihnen ein frohes Fest des Dazugehörens.

Winterende

PETER HANDKE

Einige Episoden vom japanischen Schneien

Am Abend des 4. März 1988, in der Hafenstadt Aomori
im äußersten Norden der japanischen Hauptinsel, fing es
dem Reisenden endlich in diesem Winter zu schneien an.
(Zwar hatte er schon hier und dort auf der Erde Schnee
liegen sehen – eine Schneefläche in einem der für das
allesnützende Japan so seltenen, unbebauten Niemands-
land oder terrain vague auf dem Boden eines weich sieden-
den Bambushains im mitteljapanischen Morioka, sogar
eine Brücke aus gefrorenem Schnee über einen schwarzen Winterbach in einer kaum bevölkerten Nordpro-
vinz –, doch noch keinmal hatte er es schneien sehen, ge-
schweige denn in seinem Gesicht die Flocken gespürt, an
den Schläfen oder dort, wo sie am wirksamsten waren,
in der Furche zwischen Nase und Oberlippe.) Eine ganze
Völkerwanderung von Flocken trieb in der Dunkelheit
über das Meer von Hokkaido, schwarz erscheinend vor
der leuchtenden offenen Luke der Fähre, die an diesem
Tag zu einem der letzten Male auslief, denn in der folgenden Woche sollte der unterseeische Tunnel zwischen
Haupt- und Nebeninsel eröffnet werden. Am nächsten
Morgen waren die Spalten zwischen den Häusern – Erd-
bebenschutz – fast bis oben zum Rand gefüllt von Schnee,
die Bäume wuchsen aus den Schneebergen wie sonst nur

Bäume in Felsen wurzelnd, aber eine japanische Leucht-
schrift, an einem Glasdach, leuchtete noch durch die
dickste der Schneeschichten. Der Reisende begriff nun,
bei dem vielen Schnee, warum in dieser Stadt die Tele-
fonzellen erhöht standen und zu ihnen Treppen hinauf-
führten. Er nahm ein Stück Schnee in den Mund und
spürte die Mundhöhle nachgezogen von dem Schmelzen.
Über Hokkaido stand schon wieder das weiße, stoffliche
Schneelicht. Hinter den Schneedünen am Meer ragten
hohe Stangen auf, die sich beim Hinschauen bewegten,
auf und ab und hin und her schwankend, und Bootsstan-
gen waren. Die ersten Flocken fielen paarweise, stießen
dabei zusammen, stoben auseinander. Auf der ganzen
Zugfahrt zurück ins Landesinnere schneite es dann weiter, mit einer wie nur japanischen Zierlichkeit – die Reis-
strohschober und -garben auf den verlassenen Feldern
schienen zum Schnee zu gehören –, und die Flocken spin-
delten, dem Anschein nach alle im selben Abstand, um
sich selber, langsamfallend, auch alle von derselben Größe und Form, an den Zypressen vorbeisinkend auf die
Reisfelder mit den Dammwegen, wo niemand ging, und
dann schon, nach Hochinoke, auf die japanischen Wein-
gärten, ein einziges landweites gemächliches Spindeln
der Flockenwelt in den Lüften, in der Ferne scheinbar ein
Rasen, besonders vor den dunklen Waldrändern, aber
ebenso nah, am Zugfenster, nur im Mittelgrund, den es
zu finden gilt und der dem Auge am wohlsten tut, von
jener wie vorzeitlichen Langsamkeit, jetzt dort also sich

senkend auf die Schienen eines leeren japanischen Dorf-
bahnhofs, bei dessen Durchfahrt der Zug beschleunigt,
wie um einem Hinterhalt zu entgehen, jetzt dort auf die
vom Schnee-Eis gesäumten, schwärzlichen Fluten eines
Winterflusses, jetzt wieder auf die Grasböschung, fahl,
schneelos, eines Reisfeldsegments, auf die Stangenstapel
in Form einer himmelstrebenden Skulptur dort, auf das
fahle, feingegliederte japanische Schilf, auf die Schnee-
pfützen des Bahnhofs von Sanoke, schlitternd und lautlos
splitternd auf dem Asphaltbahnsteig hier (unentziffer-
bar der Stationsname), herabspindelnd aus den Schnee-
wolken auf die Erde wie unzählige eingespielte Trapez-
gruppen, auf die nasstrockenfleckige Landstraße jetzt,
auf den winzigen Friedhof inmitten der Felderhügel –
kleine Steine, grenzsteinhaft, um eine einzelne Zypres-
se gruppiert –, in der Manege unten landend und schon
wieder verschwunden, Platz für die nächsten, die die
Form von japanischen Schriftzeichen haben, die wieder-
rum die Namen von japanischen Orten ergeben, Aomori,
Hochinoke, Sanoke, Morioka und jetzt Sendai. Und tags
darauf dann, in der Stadt Matsushima am Ostmeer, sank
der Schnee auf ein rauchendes Stück frischen Teers, aus
Weiß wurde Schwarz, aus Weiß und Weiß wurde Schwarz
und Schwarz, im Augenblick – und die Erinnerung an
die kleinen Tiere, die, von Landkindern einst auf die heiße Herdplatte gelegt, sofort verschrumpelt waren, und
an ein Buch mit dem Namen ›Schnee auf einem heißen
Brotwecken‹.

MARIE LUISE KASCHNITZ
Das dicke Kind

Es war Ende Januar, bald nach den Weihnachtsferien, als
das dicke Kind zu mir kam. Ich hatte in diesem Winter angefangen, an die Kinder aus der Nachbarschaft Bücher
auszuleihen, die sie an einem bestimmten Wochentag
holen und zurückbringen sollten. Natürlich kannte ich
die meisten dieser Kinder, aber es kamen auch manchmal fremde, die nicht in unserer Straße wohnten. Und
wenn auch die Mehrzahl von ihnen gerade nur so lange Zeit blieb, wie der Umtausch in Anspruch nahm, so
gab es doch einige, die sich hinsetzten und gleich auf
der Stelle zu lesen begannen. Dann saß ich an meinem
Schreibtisch und arbeitete, und die Kinder saßen an dem
kleinen Tisch bei der Bücherwand, und ihre Gegenwart
war mir angenehm und störte mich nicht. Das dicke Kind
kam an einem Freitag oder Samstag, jedenfalls nicht an
dem zum Ausleihen bestimmten Tag. Ich hatte vor aus-
zugehen und war im Begriff, einen kleinen Imbiss, den
ich mir gerichtet hatte, ins Zimmer zu tragen. Kurz vorher hatte ich einen Besuch gehabt, und dieser musste
wohl vergessen haben, die Eingangstüre zu schließen.
So kam es, dass das dicke Kind ganz plötzlich vor mir
stand, gerade als ich das Tablett auf den Schreibtisch
niedergesetzt hatte und mich umwandte, um noch etwas in der Küche zu holen. Es war ein Mädchen von

vielleicht zwölf Jahren, das einen altmodischen Loden-mantel und schwarze, gestrickte Gamaschen anhatte und an einem Riemen ein paar Schlittschuhe trug, und es kam mir bekannt, aber doch nicht richtig bekannt vor, und weil es so leise hereingekommen war, hatte es mich erschreckt.

Kenne ich dich? fragte ich überrascht.

Das dicke Kind sagte nichts. Es stand nur da und legte die Hände über seinem runden Bauch zusammen und sah mich mit seinen wasserhellen Augen an.

Möchtest du ein Buch? fragte ich.

Das dicke Kind gab wieder keine Antwort. Aber dar-über wunderte ich mich nicht allzu sehr. Ich war es ge-wohnt, dass die Kinder schüchtern waren und dass man ihnen helfen musste. Also zog ich ein paar Bücher heraus und legte sie vor das fremde Mädchen hin. Dann mach-te ich mich daran, eine der Karten auszufüllen, auf wel-chen die entliehenen Bücher aufgezeichnet wurden.

Wie heißt du denn? fragte ich.

Sie nennen mich die Dicke, sagte das Kind.

Soll ich dich auch so nennen? fragte ich.

Es ist mir egal, sagte das Kind. Es erwiderte mein Lä-cheln nicht, und ich glaube mich jetzt zu erinnern, dass sein Gesicht sich in diesem Augenblick schmerzlich ver-zog. Aber ich achtete darauf nicht.

Wann bist du geboren? fragte ich weiter.

Im Wassermann, sagte das Kind ruhig.

Diese Antwort belustigte mich, und ich trug sie auf

der Karte ein, spaßeshalber gewissermaßen, und dann wandte ich mich wieder den Büchern zu.

Möchtest du etwas Bestimmtes? fragte ich.

Aber dann sah ich, dass das fremde Kind gar nicht die Bücher ins Auge fasste, sondern seine Blicke auf dem Tablett ruhen ließ, auf dem mein Tee und meine belegten Brote standen. Vielleicht möchtest du etwas essen, sagte ich schnell.

Das Kind nickte, und in seiner Zustimmung lag etwas wie ein gekränktes Erstaunen darüber, dass ich erst jetzt auf diesen Gedanken gekommen war. Es machte sich daran, die Brote eins nach dem andern zu verzehren, und es tat das auf eine besondere Weise, über die ich mir erst später Rechenschaft gab. Dann saß es wieder da und ließ seine trägen, kalten Blicke im Zimmer herumwandern, und es lag etwas in seinem Wesen, das mich mit Ärger und Abneigung erfüllte. Ja gewiss, ich habe dieses Kind von Anfang an gehasst. Alles an ihm hat mich abgestoßen, seine trägen Glieder, sein hübsches, fettes Gesicht, seine Art zu sprechen, die zugleich schläfrig und anmaßend war. Und obwohl ich mich entschlossen hatte, ihm zuliebe meinen Spaziergang aufzugeben, behandelte ich es doch keineswegs freundlich, sondern grausam und kalt.

Oder soll man es etwa freundlich nennen, dass ich mich nun an den Schreibtisch setzte und meine Arbeit vornahm und über meine Schulter weg sagte: Lies jetzt, obwohl ich doch ganz genau wusste, dass das fremde Kind gar nicht lesen wollte? Und dann saß ich da und wollte schreiben und brachte nichts zustande, weil ich ein sonderbares Gefühl der Peinigung hatte, so, wie wenn man etwas erraten soll und errät es nicht, und ehe man es nicht erraten hat, kann nichts mehr so werden, wie es vorher war. Und eine Weile lang hielt ich das aus, aber nicht sehr lange, und dann wandte ich mich um und begann eine Unterhaltung, und es fielen mir nur die törichtsten Fragen ein.

Hast du noch Geschwister? fragte ich.

Ja, sagte das Kind.

Gehst du gern in die Schule? fragte ich.

Ja, sagte das Kind.

Was magst du denn am liebsten?

Wie bitte? fragte das Kind.

Welches Fach? sagte ich verzweifelt.

Ich weiß nicht, sagte das Kind.

Vielleicht Deutsch? fragte ich.

Ich weiß nicht, sagte das Kind.

Ich drehte meinen Bleistift zwischen den Fingern, und es wuchs etwas in mir auf, ein Grauen, das mit der Erscheinung des Kindes in keinem Verhältnis stand.

Hast du Freundinnen? fragte ich zitternd.

O ja, sagte das Mädchen.

Eine hast du doch sicher am liebsten? fragte ich.

Ich weiß nicht, sagte das Kind, und wie es dasaß in seinem haarigen Lodenmantel, glich es einer fetten Raupe, und wie eine Raupe hatte es auch gegessen, und wie eine Raupe witterte es jetzt wieder herum.

Jetzt bekommst du nichts mehr, dachte ich, von einer sonderbaren Rachsucht erfüllt. Aber dann ging ich doch hinaus und holte Brot und Wurst, und das Kind starrte darauf mit seinem dumpfen Gesicht, und dann fing es an zu essen, wie eine Raupe frisst, langsam und stetig, wie aus einem inneren Zwang heraus, und ich betrachtete es feindlich und stumm. Denn nun war es schon soweit, dass alles an diesem Kind mich aufzuregen und zu ärgern begann. Was für ein albernes, weißes Kleid, was für ein lächerlicher Stehkragen, dachte ich, als das Kind nach dem Essen seinen Mantel aufknöpfte. Ich setzte mich wieder an meine Arbeit, aber dann hörte ich das Kind hinter mir schmatzen, und dieses Geräusch glich dem trägen Schmatzen eines schwarzen Weihers irgendwo im Walde, es brachte mir alles wässerig Dumpfe, alles Schwere und Trübe der Menschennatur zum Bewusstsein und verstimmte mich sehr. Was willst du von mir? dachte ich, geh fort, geh fort. Und ich hatte Lust, das Kind mit meinen Händen aus dem Zimmer zu stoßen, wie man ein lästiges Tier vertreibt. Aber dann stieß ich es nicht aus dem Zimmer, sondern sprach nur wieder mit ihm, und wieder auf dieselbe grausame Art.

Gehst du jetzt aufs Eis? fragte ich.

Ja, sagte das dicke Kind.

Kannst du gut Schlittschuhlaufen? fragte ich und deutete auf die Schlittschuhe, die das Kind noch immer am Arm hängen hatte.

Meine Schwester kann gut, sagte das Kind, und wieder

erschien auf seinem Gesicht ein Ausdruck von Schmerz und Trauer, und wieder beachtete ich ihn nicht.

Wie sieht deine Schwester aus? fragte ich. Gleicht sie dir?

Ach nein, sagte das dicke Kind. Meine Schwester ist ganz dünn und hat schwarzes, lockiges Haar. Im Sommer, wenn wir auf dem Land sind, steht sie nachts auf, wenn ein Gewitter kommt, und sitzt oben, auf der obersten Galerie, auf dem Geländer und singt.

Und du? fragte ich.

Ich bleibe im Bett, sagte das Kind. Ich habe Angst.

Deine Schwester hat keine Angst, nicht wahr? sagte ich.

Nein, sagte das Kind. Sie hat niemals Angst. Sie springt auch vom obersten Sprungbrett. Sie macht einen Kopfsprung, und dann schwimmt sie weit hinaus …

Was singt deine Schwester denn? fragte ich neugierig.

Sie singt, was sie will, sagte das dicke Kind traurig. Sie macht Gedichte.

Und du? fragte ich.

Ich tue nichts, sagte das Kind. Und dann stand es auf und sagte: Ich muss jetzt gehen. Ich streckte meine Hand aus, und es legte seine dicken Finger hinein, und ich weiß nicht genau, was ich dabei empfand, etwas wie eine Aufforderung, ihm zu folgen, einen unhörbaren, dringlichen Ruf. Komm einmal wieder, sagte ich, aber es war mir nicht ernst damit, und das Kind sagte nichts und sah mich mit seinen kühlen Augen an. Und dann war es fort, und ich hätte eigentlich Erleichterung spüren müssen. Aber kaum, dass ich die Wohnungstür ins Schloss fallen hörte, lief ich auch schon auf den Korridor hinaus und zog meinen Mantel an. Ich rannte ganz schnell die Treppe hinunter und erreichte die Straße in dem Augenblick, in dem das Kind um die nächste Ecke verschwand.

Ich muss doch sehen, wie diese Raupe Schlittschuh läuft, dachte ich. Ich muss doch sehen, wie sich dieser Fettkloß auf dem Eise bewegt. Und ich beschleunigte meine Schritte, um das Kind nicht aus den Augen zu verlieren.

Es war am frühen Nachmittag gewesen, als das dicke Kind zu mir ins Zimmer trat, und jetzt brach die Dämmerung herein. Obwohl ich in dieser Stadt einige Jahre meiner Kindheit verbracht hatte, kannte ich mich doch nicht mehr gut aus, und während ich mich bemühte, dem Kinde zu folgen, wusste ich bald nicht mehr, welchen Weg wir gingen, und die Straßen und Plätze, die vor mir auftauchten, waren mir völlig fremd. Ich bemerkte auch plötzlich eine Veränderung in der Luft. Es war sehr kalt gewesen, aber nun war ohne Zweifel Tauwetter eingetreten, und mit so großer Gewalt, dass der Schnee schon von den Dächern tropfte und am Himmel große Föhnwolken ihres Weges zogen. Wir kamen vor die Stadt hinaus, dorthin, wo die Häuser von großen Gärten umgeben sind, und dann waren gar keine Häuser mehr da, und dann verschwand plötzlich das Kind und tauchte eine Böschung hinab. Und wenn ich erwartet hatte, nun einen Eislaufplatz vor mir zu sehen, helle Buden und Bogenlampen und eine glitzernde Fläche voll Geschrei und Musik, so bot sich mir jetzt ein ganz anderer Anblick. Denn dort unten lag der See, von dem ich geglaubt hatte, dass seine Ufer mittlerweile alle bebaut worden wären: er lag ganz einsam da, von schwarzen Wäldern umgeben, und sah genau wie in meiner Kindheit aus.

Dieses unerwartete Bild erregte mich so sehr, dass ich das fremde Kind beinahe aus den Augen verlor. Aber dann sah ich es wieder, es hockte am Ufer und versuchte, ein Bein über das andere zu legen und mit der einen Hand den Schlittschuh am Fuß festzuhalten, während es mit der andern den Schlüssel herumdrehte. Der Schlüssel fiel ein paarmal herunter, und dann ließ sich das dicke Kind auf alle viere fallen und rutschte auf dem Eis herum, und suchte und sah wie eine seltsame Kröte aus. Überdem wurde es immer dunkler, der Dampfersteg, der nur ein paar Meter von dem Kind entfernt in den See vorstieß, stand tiefschwarz über der weiten Fläche, die silbrig glänzte, aber nicht überall gleich, sondern ein wenig dunkler hier und dort, und in diesen trüben Flecken kündigte sich das Tauwetter an. Mach doch schnell, rief ich ungeduldig, und die Dicke beeilte sich nun wirklich, aber nicht auf mein Drängen hin, sondern weil draußen vor dem Ende des langen Dampfersteges jemand winkte und Komm, Dicke, schrie, jemand, der dort seine Kreise zog, eine leichte, helle Gestalt. Es fiel mir ein, dass dies die Schwester sein müsse, die Tänzerin, die Gewittersängerin, das Kind nach meinem Herzen, und ich war gleich überzeugt, dass nichts anderes mich hierhergelockt hatte als der Wunsch, dieses anmutige Wesen zu sehen. Zugleich aber wurde ich mir auch der Gefahr bewusst, in der die Kinder schwebten. Denn nun begann mit einem Mal dieses seltsame Stöhnen, diese tiefen Seufzer, die der See auszustoßen scheint, ehe die Eisdecke bricht. Diese Seufzer liefen in der Tiefe hin wie eine schaurige Klage, und ich hörte sie, und die Kinder hörten sie nicht.

Nein gewiss, sie hörten sie nicht. Denn sonst hätte sich die Dicke, dieses ängstliche Geschöpf, nicht auf den Weg gemacht, sie wäre nicht mit ihren kratzigen, unbeholfenen Stößen immer weiter hinausgestrebt, und die Schwester draußen hätte nicht gewinkt und gelacht und sich wie eine Ballerina auf der Spitze ihres Schlittschuhs gedreht, um dann wieder ihre schönen Achter zu ziehen, und die Dicke hätte die schwarzen Stellen gemieden, vor denen sie jetzt zurückschreckte, um sie dann doch zu überqueren, und die Schwester hätte sich nicht plötzlich hoch aufgerichtet und wäre nicht davon geglitten, fort, fort, einer der kleinen einsamen Buchten zu.

Ich konnte das alles genau sehen, weil ich mich darangemacht hatte, auf dem Dampfersteg hinauszuwandern, immer weiter, Schritt für Schritt. Trotzdem die Bohlen vereist waren, kam ich doch schneller vorwärts, als das dicke Kind dort unten, und wenn ich mich umwandte, konnte ich sein Gesicht sehen, das einen dumpfen und zugleich sehnsüchtigen Ausdruck hatte. Ich konnte auch die Risse sehen, die jetzt überall aufbrachen und aus denen, wie Schaum vor die Lippen des Rasenden, ein wenig schäumendes Wasser trat. Und dann sah ich natürlich auch, wie unter dem dicken Kinde das Eis zerbrach. Denn das geschah an der Stelle, an der die Schwester vordem getanzt hatte und nur wenige Armlängen vor dem Ende des Stegs.

Ich muss gleich sagen, dass dieses Einbrechen kein lebensgefährliches war. Der See gefriert in ein paar Schichten, und die zweite lag nur einen Meter unter der ersten und war noch ganz fest. Alles, was geschah, war, dass die Dicke einen Meter tief im Wasser stand, im eisigen Wasser freilich und umgeben von bröckelnden Schollen, aber wenn sie nur ein paar Schritte durch das Wasser watete, konnte sie den Steg erreichen und sich dort hinaufziehen, und ich konnte ihr dabei behilflich sein. Aber ich dachte trotzdem gleich, sie wird es nicht schaffen, und es sah auch so aus, als ob sie es nicht schaffen würde, wie sie da stand, zu Tode erschrocken, und nur ein paar unbeholfene Bewegungen machte, und das Wasser strömte um sie herum, und das Eis unter ihren Händen zerbrach. Der Wassermann, dachte ich, jetzt zieht er sie hinunter, und ich spürte gar nichts dabei, nicht das geringste Erbarmen, und rührte mich nicht.

Aber nun hob die Dicke plötzlich den Kopf, und weil es jetzt vollends Nacht geworden und der Mond hinter den Wolken erschienen war, konnte ich deutlich sehen, dass etwas in ihrem Gesicht sich verändert hatte. Es waren dieselben Züge und doch nicht dieselben, aufgerissen waren sie von Willen und Leidenschaft, als ob sie nun, im Angesicht des Todes, alles Leben tränken, alles glühende Leben der Welt. Ja, das glaubte ich wohl, dass der Tod nahe und dies das letzte sei, und beugte mich über das Geländer und blickte in das weiße Antlitz unter mir, und wie ein Spiegelbild sah es mir entgegen aus der schwarzen Flut. Da aber hatte das dicke Kind den Pfahl erreicht. Es streckte die Hände aus und begann sich heraufzuziehen, ganz geschickt hielt es sich an den Nägeln und Haken, die aus dem Holze ragten. Sein Körper war zu schwer, und seine Finger bluteten, und es fiel wieder zurück, aber nur, um wieder von neuem zu beginnen. Und das war ein langer Kampf, ein schreckliches Ringen um Befreiung und Verwandlung, wie das Aufbrechen einer Schale oder eines Gespinstes, dem ich da zusah, und jetzt hätte ich dem Kinde wohl helfen mögen, aber ich wusste, ich brauchte ihm nicht mehr zu helfen – ich hatte es erkannt …

An meinen Heimweg an diesem Abend erinnere ich mich nicht. Ich weiß nur, dass ich auf unserer Treppe einer Nachbarin erzählte, dass es noch jetzt ein Stück Seeufer gäbe mit Wiesen und schwarzen Wäldern, aber sie erwiderte mir, nein, das gäbe es nicht. Und dass ich dann die Papiere auf meinem Schreibtisch durcheinandergewühlt fand und irgendwo dazwischen ein altes Bildchen, das mich selbst darstellte, in einem weißen Wollkleid mit Stehkragen, mit hellen, wässrigen Augen und sehr dick.

PETER BICHSEL
Im Schnee von vorgestern

Eine lange Bahnfahrt mit unfreiwilligen Umwegen von Zürich nach Solothurn, viereinhalb Stunden im Zug mit Umleitungen und Umsteigen, und irgendwie begannen es die Leute zu genießen. Sie legten nach und nach ihre Zeitungen beiseite. Sie schauten nach und nach nicht mehr auf die Uhr, fragten nicht mehr, wo wir denn inzwischen seien, sie saßen nur noch da, sie fuhren nur noch Eisenbahn. Nein, nicht dass die Leute nun viel miteinander gesprochen hätten – ein paar Bemerkungen, ein paar Witze. …

Ja, der Schnee – ich nehme an, dass er jetzt, wo Sie das lesen, weg sein wird. Ich hoffe, dass jetzt, wo Sie das lesen, so etwas wie Frühling sein wird. Und sehr wahrscheinlich haben wir ihn schon bald vergessen, den großen Schnee, und erinnern uns an ihn wie an den Wunsch nach einer weißen Weihnacht. Jener White-Christmas-Schnee, der nicht nass und umständlich ist, sondern sanft und weiß wie Watte.

So wird er auch in der Erinnerung der heute Siebenjährigen sein, die schon bald – in zehn, in zwanzig, in fünfzig Jahren – erzählen werden, dass es früher noch richtige Winter gab, mit richtigem Schnee, mit hohen Schneewalmen – Schnee vom November bis im März. Und so leben wir denn alle schon heute im Früher, wie all jene Passagiere, die sich still darauf freuten, davon erzählen zu können. Denn erzählen ist immer Vergangenheit, und das Erzählen ist tröstlich, und nur deshalb verfallen wir immer wieder dem fatalen Irrtum, dass früher alles besser war.

Im Zug wird übrigens kaum vom Schnee gesprochen. Auch jetzt im März ist er keine Überraschung. Er war vorausgesagt – Tag, Zeit und Menge, und die Voraussage stimmte.

Früher gab es noch jene häufige und eigenartige Äußerung der Leute: »Der Wetterbericht will Schnee«, wie wenn der Wetterbericht etwas wollen oder gar herstellen könnte. Und weil alle wussten, dass er das nicht kann, hatte das »Er will Schnee« etwas Tröstliches: Er will zwar, aber er bekommt es vielleicht nicht. Jene, die keinen Schnee möchten, hatten noch eine Chance. Und man konnte damals noch, wenn man geschickt genug war, den Lehrer dazu überreden, trotz schlechtem Wetterbericht auf die Schulreise zu gehen, und man hatte eine Chance, auch so einen guten Tag zu erwischen – der Regen und der Schnee, die Sonne und der Nebel hatten trotz wissenschaftlichem Wetterbericht immer noch die Gelegenheit, zufällig zu sein – die Zukunft war damals weder versaut noch vergoldet. Die Freude, dass eine alte Bauernregel mal ausnahmsweise richtiger war als der Wetterbericht, war groß. Und wenn die Bauernregel in diesem Jahr versagte, dann hatte sie im nächsten Jahr noch durchaus eine Chance. Ich bin froh, dass ich zum mindesten eine Kindheit mit einer kleineren Treffsicherheit der Wetterberichte verbringen durfte. Ich durfte noch, auch wenn Regen angesagt war, auf Schnee hoffen. Ich durfte auf Wärme hoffen, wenn Kälte vorausgesagt war.

Ich bestaune die zunehmende Exaktheit der Prognosen, und ich sehe ein, dass sie ihre Notwendigkeit haben. Prognosen sind nicht neu, und den neugierigen Blick in die Zukunft gibt es wohl, seit es Menschen gibt. Ich glaube ganz und gar nicht an Astrologie, aber irgendwie sind mir ihre Prognosen, die Horoskope, lieber als der Wetterbericht, weil sie mir bei allen Drohungen und Versprechen meine Zukunft lassen – eine Zukunft auch, die durch Erfahrung nicht ganz unbekannt ist: Der Frühling und der Sommer werden kommen. Aber auf der allzu langen Fahrt durch den großen Schnee von Zürich nach Solothurn lebten wir nicht einmal im Heute – wir lebten im Vorgestern des Wetterberichts. Und die Zukunft ist immer dann ohne Hoffnung, wenn wir sie kennen.

ROBERT WALSER
Winter

Im Winter machen sich die Nebel breit. Wer darin geht, spürt unwillkürlich ein Frösteln. Die Sonne beehrt uns mit ihrer Gegenwart nur selten. Man fühlt sich alsdann gewissermaßen begnadet, wie von dem Auftreten einer schönen Frau, die sich kostbar zu machen weiß.

Winter ragt durch die Kälte hervor. Hoffentlich sind alle Stuben geheizt, alle Mäntel übergeworfen. Pelze, Pantoffeln gewinnen an Wichtigkeit, Feuer an Reiz, Wärme an Nachfrage. Winter hat lange Nächte, kurze Tage und kahle Bäume. Kein grünes Blatt kommt mehr vor. Dagegen kommt vor, dass Seen und Flüsse gefrieren, was etwas sehr Angenehmes nach sich zieht, nämlich den Schlittschuhsport. Fällt Schnee, so kommt Schneebällewerfen in Frage. Dies ist ein Zeitvertreib für Kinder, während Erwachsene lieber einen Stumpen rauchen, am Tisch sitzen und Karten spielen oder an seriösen Gesprächen Geschmack finden. Nebenbei sei Schlitteln erwähnt, woran mancher Spaß hat.

Herrliche, sonnige Wintertage gibt's. Auf gefrornem Boden klirren die Schritte. Liegt Schnee, so ist alles weich, du gehst wie auf Teppichen. Schneelandschaften haben eine eigene Schönheit. Alles sieht feierlich, festlich aus. Weihnachtszeit ist namentlich für Kinder entzückend. Da strahlt der Weihnachtsbaum, d. h. mehr die Kerzen, die die Stube mit einem Frömmigkeits- und Schönheits-glanz erfüllen. Welcher Liebreiz! Die Tannzweige sind mit Naschwerk behängt. Zu nennen sind Engelchen aus Schokolade, zuckrige Würstchen, Basler Leckerli, in Silberpapier gewickelte Walnüsse, rotbackige Äpfel. Um den Baum sind die Familienglieder versammelt. Die Kinder sagen auswendiggelernte Gedichte auf. Nachher zeigen ihnen die Eltern ihre Geschenke, etwa mit den Worten: »Bleibe brav, wie du es bisher warst«, und küssen das Kind, worauf das Kind die Eltern küsst und vielleicht alle, bei so schönen Umständen und tiefempfundenen Dingen, eine Zeitlang weinen und einander mit zitternder Stimme Dank sagen und kaum wissen, warum sie's tun, es aber richtig finden und glücklich sind. Sieh, wie mitten im Winter die Liebe strahlt, die Helligkeit lächelt, die Wärme glänzt, die Zärtlichkeit blitzt und alles Hoffenswerte und Gütige dir entgegenleuchtet.

Schnee fällt nicht Knall auf Fall, sondern langsam, d. h. nach und nach, will sagen flockenweise zur Erde. Das fliegt eins ums andere wie in Paris, wo es nicht so viel schneit wie z. B. in Moskau, von wo einst Napoleon seinen Rückzug antrat, weil er ihn für ratsam hielt. Auch in London schneit's, wo ehemals Shakespeare lebte, der das »Wintermärchen« dichtete, ein von Lustigkeit und Ernst gleicherweise glitzerndes Stück, worin sich ein Wiederfinden abspielt, bei dem einer der Mitwirkenden dasteht, »wie ein Brunnenbild von manches Königs Regierung her«, wie es im Text heißt.

Ist Schneien nicht ein allerliebstes Schauspiel? Gelegentlich einmal eingeschneit zu werden, schadet sicher nicht viel. Vor Jahren erlebte ich eines Abends ein Schneegestöber in der Friedrichstraße zu Berlin, was mir stark in Erinnerung blieb.

Kürzlich träumte mir, ich flöge über eine runde, zarte Eisfläche, die dünn und durchsichtig war wie Fensterscheiben und sich auf- und niederbog wie gläserne Wellen. Unter dem Eise wuchsen Frühlingsblumen. Wie von einem Genius gehoben, schwebte ich hin und her und war über die ungezwungene Bewegung glücklich. In der Mitte des Sees war eine Insel, auf der ein Tempel stand, der sich als Wirtshaus entpuppte. Ich ging hinein, bestellte Kaffee und Kuchen und aß und trank und rauchte hierauf eine Zigarette. Als ich wieder hinausging und die Übung fortsetzte, brach der Spiegel, und ich sank in die Tiefe zu den Blumen, die mich freundlich aufnahmen.

Wie schön ist's, dass dem Winter jedes Mal der Frühling folgt.

QUELLENVERZEICHNIS

Walter Benjamin (1892 in Berlin – 1940 in Portbou, Spanien),
Philosoph, Kulturkritiker und Übersetzer
Ein Weihnachtsengel; Wintermorgen. Aus: Walter Benjamin,
Berliner Kindheit um neunzehnhundert. Fassung letzter Hand
und Fragment aus früheren Fassungen. Mit einem Nachwort
von Theodor W. Adorno. © 1987, Suhrkamp Verlag AG, Berlin

Thomas Bernhard (1931 in Heerlen, Niederlande – 1989 in
Gmunden, Oberösterreich), österreichischer Schriftsteller
Die sieben Tannen und vom Schnee … Eine märchenhafte
Weihnachtsgeschichte; Wintertag im Hochgebirge. Aus: Tho-
mas Bernhard, Werke. Band 14: Erzählungen, Kurzprosa. Her-
ausgegeben von Hans Höller, Martin Huber und Manfred
Mittermayer. © 2003, Suhrkamp Verlag AG, Berlin

Peter Bichsel (1935 in Luzern), Schweizer Schriftsteller
Am Anfang war das Wort; Das Fest des Dazugehörens; Im
Schnee von vorgestern. Aus: Peter Bichsel, Im Winter muß
mit Bananenbäumen etwas geschehen. Geschichten für die
kalte Jahreszeit. Herausgegeben von Adrienne Schneider. ©
Insel Verlag Anton Kippenberg GmbH & Co. KG, Berlin 2021

Eva Demski (geb. 1944 in Regensburg)
Schnee. Aus: Eva Demski, Katzentreffen. © Insel Verlag Anton Kippenberg GmbH & Co. KG, Berlin 2015

Hans Fallada (1893 in Greifswald – 1947 in Berlin)
Bei uns war es am allerschönsten. Aus: Hans Fallada, Damals bei uns daheim. Erlebtes, Erfahrenes, Erfundenes. Rowohlt Verlag, Stuttgart, Berlin, 1941

Marieluise Fleißer (1901 in Ingolstadt – 1974 ebenda)
Als wir noch auf das Christkind warteten. Aus: Marieluise Fleißer, Gesammelte Werke. Vierter Band. Aus dem Nachlaß herausgegeben von Günther Rühle in Zusammenarbeit mit Eva Pfister. © 1989, Suhrkamp Verlag AG, Berlin

Max Frisch (1911 in Zürich – 1991 ebenda), Schweizer Schriftsteller und Architekt
Schneefreude! Aus: Max Frisch, Journalistische Arbeiten 1931-1939, in: Prinzenstraße 11/2001, Niedersächsisches Staatstheater Hannover. © Max Frisch-Stiftung, Zürich [Ersterscheinung: *Neue Zürcher Zeitung*, 15.12.1933]

Oskar Maria Graf (1894 in Berg – 1967 in New York City), deutsch-amerikanischer Schriftsteller
Die Christmette. Aus: Oskar Maria Graf, Werkausgabe. Band 13: Autobiographische Schriften. Herausgegeben von Wilfried F. Schoeller. © 1994 List Verlag in der Ullstein Buchverlage GmbH, Berlin

Peter Handke (geb. 1942 in Griffen, Kärnten), österreichischer Schriftsteller und Übersetzer, 2019 mit dem Nobelpreis für Literatur ausgezeichnet
Einige Episoden vom japanischen Schneien. Aus: Peter Handke, Noch einmal für Thukydides. In: Handke Bibliothek I. Bän-

Marie Luise Kaschnitz (1901 in Karlsruhe – 1974 in Rom)
Das dicke Kind. Aus: Marie Luise Kaschnitz, Gesammelte Werke in sieben Bänden. Herausgegeben von Christian Büttrich und Norbert Miller. Band 4: Die Erzählungen. © 1983, Insel Verlag Anton Kippenberg GmbH & Co. KG, Berlin [Erstveröffentlichung: Das dicke Kind und andere Erzählungen. Krefeld: Scherpe 1952]

Erich Kästner (1899 in Dresden – 1974 in München)
Auch das geht vorüber. Aus: Erich Kästner, Morgen, Kinder, wird's nichts geben! Mehr oder weniger Weihnachtliches. Herausgegeben von Sylvia List. Atrium Verlag AG, Zürich 2011. © by Thomas Kästner

Siegfried Lenz (1926 in Lyck, Ostpreußen – 2014 in Hamburg)
Eisfischen oder Was man mit Hechten erleben kann. Aus: Siegfried Lenz, Die Erzählungen. Band II: 1964-2011. Copyright © 2015 by Hoffmann und Campe Verlag, Hamburg

Katherine May, englische Autorin und Podcasterin
Schnee*. Aus: Katherine May, Überwintern. Wenn das Leben innehält. Aus dem Englischen von Marieke Heimburger. © der deutschen Ausgabe Insel Verlag Anton Kippenberg GmbH & Co. KG, Berlin 2021

Ernst Penzoldt (1892 in Erlangen – 1955 in München)
Lufteis. Aus: Ernst Penzoldt, Die Kunst, das Leben zu lieben und andere Betrachtungen. Ausgewählt von Volker Michels mit einem Nachwort von Peter Suhrkamp. Insel Verlag, Frank-

furt am Main und Leipzig 1997. ©1992, Suhrkamp Verlag AG, Berlin

Alfred Polgar (1873 in Wien – 1955 in Zürich), österreichischer Schriftsteller, Aphoristiker, Kritiker und Übersetzer
Der Maronibrater. Aus: Alfred Polgar, Kreislauf. Kleine Schriften, Band 2. Copyright © 1982 Rowohlt Verlag GmbH, Reinbek bei Hamburg

Peter Rosegger (1843 in Alpl, Steiermark, Kaisertum Österreich – 1918 in Krieglach, Österreich-Ungarn), österreichischer Schriftsteller und Poet
Als ich Christtagsfreude holen ging. Aus: Peter Rosegger, Waldheimat. Erzählungen aus der Jugendzeit. L. Staackmann Verlag, München 1920

Herbert Rosendorfer (1934 in Bozen – 2012 ebenda)
Schlittenfahrt*. Aus: Herbert Rosendorfer. Autobiographisches. Kindheit in Kitzbühel und andere erinnernde Geschichten. © 1998 by nymphenburger in der F. A. Herbig Verlagshandlung GmbH, München

Joseph Roth (1894 in Brody, Ostgalizien, Österreich-Ungarn – 1939 in Paris), österreichischer Schriftsteller und Journalist
Verschneite Welt. Aus: Joseph Roth, Werke. Band 1: Das journalistische Werk 1915-1923. Kiepenheuer &Witsch, Köln 1989 [Ersterscheinung: *Der Neue Tag*, 19.11.1919]